Michael G. Herr

Herr mit Affe

Vier Augen schauen auf das Leben

Impressum

Bibliografische Information der Deutschen Nationalbibliothek:
Die Deutsche Nationalbibliothek verzeichnet diese Publikation
in der Deutschen Nationalbibliografie; detaillierte bibliografische
Daten sind im Internet über dnb.dnb.de abrufbar.

Die automatisierte Analyse des Werkes, um daraus Informationen
insbesondere über Muster, Trends und Korrelationen gemäß §44b
UrhG („Text und Data Mining") zu gewinnen, ist untersagt.

Verlag: BoD · Books on Demand GmbH
           In de Tarpen 42, 22848 Norderstedt
Druck: Libri Plureos GmbH, Friedensallee 273, 22763 Hamburg

ISBN: 978-3-7597-8860-3

Inhaltsverzeichnis

Danksagung

Dieses Büchlein hatte es nicht ganz einfach auf die Welt zu kommen. Jetzt ist es da und voller Neugier und Erwartungen auf das was mit ihm passiert.

Ich danke allen die an seiner Entstehung beteiligt waren vom Herzen, sie wissen, wen ich meine.

1. Vorwort

Es war vor langer, langer Zeit, als alles begann.

Irgendwo in Afrika erheben sich affenähnliche Wesen auf ihre Beine und machen sich aufrechten Gangs, hunderttausend Jahre vor unserer heutigen Zeitrechnung, vielleicht auch viel früher - neugierig auf in die weite Welt.

Unter dieser kleinen Gruppe ist einer – nennen wir ihn Ben, der mit seinen Eltern und Geschwistern und weiteren Mutigen des Clans entlang der Küste loswandert, nur mit ein paar ausgegrabenen Wurzeln und einigen Früchten als Reiseproviant.

Wie es mit Ben weitergeht und warum gerade er sich als einziger aus seiner Familie zum Mensch entwickelt, weiß keiner, wird immer ein Geheimnis bleiben. Nur so viel ist aus unseren Schulbüchern bekannt: Irgendwann geht aus seinen Nachfahren der Mensch hervor, der in Hütten lebt, das Feuer beherrscht, die Sprache erlernt und sein Leben zu organisieren weiß.

2. Der Traum

Viele Generationen später, an einem Februartag wird Micklas im Sternzeichen des Fisches geboren. Im Zeitalter der Kurznachrichten nennt man ihn Mi. In die moderne Welt, in die er hineingeboren wird, ist er einer von vielen, obwohl er davon überzeugt ist, dass die Schöpfung ihren eigenen Plan für ihn hat. Er glaubt das, weil er Dinge, die er sieht, hört und fühlt, zusammenfügen und etwas Neues daraus machen kann, so auch Geschichten.

Sicherlich hätte er seinen dritten Lebensabschnitt, der mit dem vorzeitigen und freiwilligen Ausscheiden aus dem Berufsleben zwei Jahre nach 2012 begann, dem Jahr, von dem man prophezeite, dass da die Welt unterginge, in Ruhe und Beschaulichkeit verbringen können, wenn da nicht an einem Montagmorgen in jenem Sommer, folgendes passiert wäre.

In den frühen Morgenstunden dieses Tages hatte er einen Traum. Eine Stadt mit Häuschen und anderen Gebäuden, sie sahen aus als seien sie aus Pappe, was sehr untypisch ist für eine Stadt in Deutschland, wird unerwartet von einem Orkan schwer verwüstet und die Einwohner durch Zerstörungen, Tod und Verwundung ins Unglück gestürzt. Alles erschien ihm befremdlich, in einen blauen Schleier gehüllt, eigentlich die Farbe, die für Frieden, Harmonie und Zufriedenheit steht.

Später, im Laufe des Tages, wird ihm bewusst, dass dies eine Eingebung gewesen war. Sie weckt ihn auf. Er fängt an die Wahrheiten der Menschen dem Sturm der Erkenntnis auszusetzen. Er hat seit Jahren schon mit dem Gefühl gelebt, dass Vieles auf seiner Welt nicht gut und manches anders war als die meisten Zeitgenossen dachten. Und es gibt noch etwas, worüber er sich bis heute wundert. Die Tatsache, dass er, seitdem er auf dieser Welt ist, bislang jeden Tag in Frieden in seinem Land lebt. Hatte dieses über sechs Jahrzehnte dauernde Glück schon einmal ein Mensch vor ihm?

Wohl an jenem Tag, als Micklas träumte, vielleicht auch Tage früher oder später, das werden wir nie so genau wissen, erwachte eine Äffin in einem Käfig irgendwo im Weit des Himmels über dem fernen Afrika. Langsam kommt die Erinnerung wieder: Sie war mit ihrer Horde von Bonobos, einer Art Zwergschimpansen, auf Nahrungssuche und dazu auf einen Baum geklettert. Ein kurzer, stechender Schmerz im Rücken war das Letzte, was sie wahrgenommen hatte. Das Betäubungsmittel hatte schnell zu wirken begonnen. Jetzt ist sie wohl schon seit einiger Zeit unterwegs, eingesperrt und nicht wissend, was mit ihr geschehen wird. Der afrikanische Vorname der Affendame ist Rukia. Ihr Baby, das bei dem Schuss an ihrer Brust klammerte, kam beim Sturz vom Baum ums Leben. Es hieß Miasa.

Die Rosen im Frachtraum des Flugzeugs neben ihr, in dem sie jetzt eingeschlossen ist, duften nicht. Ein Vorbote auf die Welt, die auf sie wartet?

Von dort, wo die Wiege der Menschheit vermutet wird, kamen in den letzten Jahren auf unmenschlich strapaziösen Routen viele Flüchtlinge nach Europa. Gleichzeitig, allerdings auf ungefährlicheren Wegen, dafür aber nicht freiwillig, kamen die Affen. Europäer, die es sich leisten können, halten heutzutage in ihren vier Wänden ein exotisches Tier, das neue Statussymbol, dass das Auto abgelöst hat. Affen sind angesagt, vor allem Schimpansen, sind sie den Menschen doch so ähnlich. Wer es sich leisten kann, schmückt sich mit einem Bonobo, der Premiummarke. Bonobos haftet der Ruf an, die „zärtlichen Liebhaber" unter den Menschenaffen zu sein. Besonders Alte und Singles, deren Zahl stetig zunimmt, fühlen sich weniger einsam, wenn zuhause ein menschenähnliches Wesen auf sie wartet.

Was würde wohl Ben zu all dem gesagt haben?

3. Die Liebe

Weihnachten, am 24. Dezember. Am frühen Nachmittag des Heiligen Abends geht Micklas ins nahe gelegene, noch bis 16 Uhr geöffnete Kaufhaus, um Weihnachtseinkäufe auf den letzten Drücker zu machen. Nicht das erste Mal in all den Jahren. Es ist eh zu spät, denn er kann die Geschenke erst nach den Feiertagen verschicken, aber das schlechte Gewissen ist beruhigt.

In Gedanken versunken und die Preise vergleichend vergisst Micklas im Kaufhaus die Zeit und merkt nicht, wie um ihn herum die Menschen vor den Auslagen immer weniger werden. Als das Licht erlischt, geht ihm ein Licht auf. Man hat ihn, den letzten Kunden, übersehen. Das Geschäft ist verschlossen.

Mancher würde denken, kein Problem. Wenn allerdings auch die Notausgänge abgesperrt sind, entsteht eine durchaus ernstzunehmende Zwangslage. Aber warum sich nicht einmal im Leben dem Schicksal fügen und darauf vertrauen, dass ihm nichts geschehen kann, denkt er. So wie ein Vogel darauf vertraut, dass auf die Nacht der Tag folgt und er sich auch morgen um sein Futter keine Sorgen zu machen braucht. Diese Vorstellung beruhigt ihn.

Später wird er sich nicht mehr genau erinnern, wie er in die Abteilung mit der Aufschrift Heimtiere gelangte. Der Weg dahin gleicht eher einem Labyrinth. Vielleicht zogen ihn fremdartige Geräusche und Gerüche an. Er tastet sich im schwachen Licht von fluoreszierten Wegmarkern und von der Notbeleuchtung in die Richtung vor, wo sie herkommen.

Plötzlich steht er vor etwas bedrohlich Großem. Es ist ein Käfig. Er steht mitten im Raum. Sein Inhalt erinnert ihn an Daktari, eine Fernsehserie aus Kindheitstagen. Neben Fury, Lassie und Flipper eine seiner Lieblingssendungen. Wie oft hat er in schierer Begeisterung vor dem Bildschirm Luftsprünge gemacht, wenn Judy ihren Affentanz aufführte und dabei gegen ihre Brust trommelte. Jetzt allerding hält sich seine Begeisterung bei dem, was er sieht, in Grenzen.

Ein Affe sitzt vor ihm und schaut ihn mit traurigen Augen an. Er muss spontan an ein berühmtes Gedicht über einen schwarzen Panther hinter Gittern denken. Dessen Blick ist beim Hin- und Hergehen vor den Stäben des Käfigs so müde geworden, dass ihn nichts mehr hält, als gäbe es tausend Stäbe und hinter tausend Stäben keine Welt.

Der Affe sieht Micklas mit einem Blick an, der ihn nicht loslässt. Und fast unbewusst öffnet er den Käfig und lässt ihn heraus. "Ich bin Rukia", sagt dieser und er antwortet: „Ich bin Micklas." Warum kommt es ihm nicht im Geringsten seltsam vor, dass der Affe spricht? Dem Namen nach zu schließen handelt es sich wohl um ein weibliches Tier.

Wenig später sitzen beide in einer Ecke des Raumes auf dem Boden, nicht weit voneinander entfernt, und haben es sich mit Kissen und Decken aus der Nachbarabteilung bequem gemacht.

Manchmal bedarf es für unerklärliche Sachverhalte keiner Erklärung, insbesondere unter außergewöhnlichen Umständen. Gab es nicht auch einen amerikanischen Jungen, der nach einem Sportunfall ins Koma fiel und perfekt spanisch sprechend erwachte, obwohl er vorher nie diese Sprache gelernt hatte? Oder gab es nicht im 19. Jahrhundert den „Klugen Hans", ein Pferd, das angeblich zählen konnte? Es gibt nichts, was es nicht gibt, offensichtlich auch sprechende Affen.

„Weißt Du, wir Menschen sind der Meinung, dass wir über Allem, über Tieren und Pflanzen stehen", fängt Micklas an, nachdem sie sich, zugegebenermaßen etwas hölzern, bekannt gemacht haben. Er will auf diese Weise, umständlich wie es sonst eigentlich nicht seine Art ist, ein Gespräch zwischen ihnen in Gang bringen. Vielleicht auch aus dem Grund, um das Verhalten derjenigen, die Rukia hinter Gittern gebracht haben, ihr gegenüber ein Stück weit zu entschuldigen.

„Unsere Entwicklung hin zu dem, was und wie wir heute sind, beschleunigte sich, als wir vor Tausenden von Jahren sesshaft wurden und mit Landwirtschaft und Viehzucht begannen. Und heute? In einem unglaublichen Tempo katapultierte uns zuletzt die Erfindung des World Wide Web in eine Zeitepoche des unbegrenzten Zugangs zu Wissen. Und dennoch weiß zum Beispiel heute fast niemand, dass bestimmte Ameisen wie Landwirte säen und Pflanzen mit ihrem Kot und Urin düngen, um später Nektar zu ernten. Sie pflegen ihren Sämling. Sie tun dies, bevor sie einen Vorteil davon haben. Sie verhalten sich wie der Mensch, der Reis anbaut oder Weizen düngt, bevor er ihn erntet. Mit Intelligenz hat das Verhalten der Ameisen aber nichts zu tun, es ist angeboren und im Erbgut verankert."

Er staunt als Rukia grient und antwortet, „Ja ihr mit eurer Intelligenz. Ihr könnt bis auf den Mond fliegen und euch aufmachen, neuen Lebensraum auf dem Mars zu erschließen, aber eine Ameise, die ein kleiner Junge aus Versehen tot getreten hat, können alle eure Professoren gemeinsam nicht wieder zusammenbauen und zum Leben erwecken. Ist es nicht so?"

Ihr Interesse tut ihm gut. Er hatte insgeheim befürchtet, dass sie ihm, nachdem er sie aus dem Käfig befreit hatte, aggressiv und ablehnend gegenüberstehen würde. Vielleicht fühlt sie ja, dass sie beide irgendwie im selben Boot sitzen. Das regt ihn an seine Überlegungen weiterzuführen: „Ameisen sind auch dafür bekannt, dass sie mit anderen Arten sehr spannende und enge Beziehungen eingehen. In Australien kommen sogar Ameisen vor, die Raupen abends auf die Bäume zum Fressen treiben und morgens wieder hinunter. Tagsüber bewachen sie sie dann vor Fressfeinden. Auch hier, in meiner Heimat, gibt es Viehzüchter unter den Ameisen: Sie pflegen Blattläuse, verteidigen sie gegen Marienkäfer und melken sie. Das beobachte ich jeden Tag an meinem Apfelbäumchen auf meiner Terrasse. Beide Seiten passen sich an, weil es für sie von Vorteil ist. Ein sehr spannendes Beispiel der Fortentwicklung der Arten. Ob sie dabei Gefühle füreinander haben? Niemand weiß es. Es ist eine offene Frage, so wie die, was aus den Gefühlen von uns Menschen füreinander und für andere Geschöpfe geworden ist".

Er stockt. Ein plötzlich aufkommendes Gefühl von Beklemmung breitet sich in seiner Brust aus. Was mag jetzt in ihr vorgehen? Bei all dem, was man ihr angetan hat?

„Wenn nur ein Bruchteil der Behauptungen der Tierschützer stimmt, dann ist die Errungenschaft der fortschrittlichen, industriellen Tierhaltung das größte Menschheitsversagen der Geschichte."

Was will er ihr damit sagen? Das es noch Schlimmeres gibt als ihr Schicksal?

Beschämt fährt er fort. „Die Sauen, die wir züchten, leiden, weil sie nicht neugierig sein können, die Hühner, weil sie keine Nester bauen dürfen und die Kälber, weil sie zu früh von ihren Müttern getrennt werden. In ihrer Verzweiflung beißen sich die Schweine gegenseitig die Schwänze ab. Intelligent, wie wir sind, kürzen wir sie flugs. Die Hühner hacken sich gegenseitig blutig. Da hilft es die Schnäbel zu stutzen. Gut, das Masthuhn macht uns keine sonderlichen Schwierigkeiten, es kippt ganz einfach beim Laufen aufgrund seiner überdimensionierten Brust vorne über, steht aber gottlob von alleine wieder auf. Dass der Affe den Mercedes als Statussymbol ersetzt hat, ist unsere letzte Errungenschaft. Aber alle Tiere haben doch auch eine Seele und vielleicht auch die Pflanzen. Jedes Geschöpf hegt doch ebenso den Wunsch kein Leid zu erfahren!"

Rukia hat ihm die ganze Zeit sehr aufmerksam zugehört. Nach einer Weile des Schweigens platzt es aus ihr heraus. „Sei mir nicht böse Mi, aber ich glaube, ich werde meinen Artgenossen nichts von all dem erzählen, sollte mir die Freiheit je wieder geschenkt werden. Ich bewundere euch in vielem, aber…". Sie stockt.

Er wundert sich einen Lidschlag lang, dass Rukia ihn Mi nennt, hatte er sich ihr doch als Micklas vorgestellt. Um sie nicht noch mehr betroffen zu machen, wagt er es nicht fortzufahren und davon zu erzählen, wozu die Menschen sonst noch fähig sind. Das Experiment mit Äffchen und Draht- bzw. Stoffpuppen erspart er ihr: Man hatte Affenbabys wenige Stunden nach der Geburt von ihrer Mutter getrennt und in Käfige gesteckt, in denen sich jeweils zwei Affenpuppen befanden. Eine aus Draht und mit einer Milchflasche, die andere aus Holz und mit Wolle überzogen, was entfernt an die Affenmütter erinnerte. Die Affenbabys klammerten sich alle an die Stoffpuppe und reckten sich nur zum Trinken zur Drahtpuppe hinüber. Sie suchten Wärme und Geborgenheit bei der Stoffpuppe. Aus den Affenbabys wurden später ausnahmslos emotionale Wracks.

Ihr so etwas zu erzählen, hätte ihrem Herzen großen Schmerz zugefügt.

Es wird kalt im Kaufhaus, sie beginnen zu frösteln. Die Heizungstechnik senkt die Temperatur auf ein Mindestmaß herunter. Er wird wortkarger. Sie sind beide an einem Ort, an dem sie nicht freiwillig sind. Rukia rückt näher an ihn heran, er spürt ihre Nähe.

Ob jetzt wohl draußen Schnee fällt, fragt er sich. Jedes Jahr aufs Neue wird der Wunsch nach weißer Weihnacht geboren. Das Fest der Liebe. Die Realität ist oftmals eine andere. Nicht nur, dass in den letzten Jahren fast kein Schnee mehr gefallen ist. In vielen Familien ist gerade diese Zeit von enttäuschten Erwartungen und Traurigkeit geprägt. Was ist von unserem Ideal der Liebe übriggeblieben?

Er, ein allein lebender, geschiedener Mann, dessen beiden Töchter in verschiedenen Ländern dieser Welt leben, sollte eigentlich kein Problem damit haben, sein Weihnachten in einem Kaufhaus zu verbringen. Er wäre doch eh nur alleine zuhause gewesen. Solches redet er sich ein und versucht sich damit zu trösten. Dann versendet er eine WhatsApp mit herzlichen Weihnachtsgrüßen und Selfie an die Lieben, natürlich ohne den verräterischen Hintergrund, so offenbart sich nicht, woher sie verschickt worden ist.

Wehmut überfällt ihn. „Du hast dein Baby beim Sturz vom Baum verloren, wie unvorstellbar für mich", entfährt es ihm nach einer Weile, „meine Töchter haben mich, ihren Vater in einem wichtigen Zeitraum ihres Großwerdens wegen der Scheidung von ihrer Mutter beinahe ganz verloren. Unseren Schmerz tragen wir alle in uns. Man muss kein Mensch sein, um unter einem Verlust oder Versäumnis zu leiden. Wir Menschen leben heute in einer immer einsameren Welt, in der die

Bande von Familie und Gemeinschaft reißen. Das liegt auch daran, dass sich bei der Wahl unseres Weges eine Fülle von Möglichkeiten eröffnen, aber gleichzeitig fällt es uns schwer uns festzulegen und Verpflichtungen einzugehen. Kennst du das Gefühl von Einsamkeit Ru, das so lähmend ist, dass man keinen Antrieb findet, Dinge zu tun, die einen ansonsten begeistern?", wendet er sich ihr nun fast hilflos zu.

„Das größte seelische Leid für den Menschen ist die Vereinsamung. Wir stürzen uns begierig nach Kontakten in die verschiedensten Unterhaltungen und Ablenkungen und sind dennoch allein. Manchmal spüre ich meine Einsamkeit wie eine ungeweinte Träne. Wie weh das tut! Weißt du, jeder von uns ist auf Aufmerksamkeit von anderen Menschen angewiesen, sonst fließt unser Lebenselixier nicht."

Micklas war in eine schmerzhafte Stimmung verfallen, die ihn ab und an heimsuchte und der er in solchen Situationen meditativ zu entrinnen suchte. Dann stellte er sich vor, er sei Astronaut und beobachte die Erde in all ihrer Schönheit vom Weltall aus. Schwerelos flog er über eine Welt, die in ein wunderschönes, tiefes Blau gehüllt und vollkommen rein war. Er flog so schnell, dass er die

Erdumdrehung sehen konnte. Um in die Raum-
kapsel der Rakete zu steigen, musste er zuerst auf
den Apfelbaum im Garten seiner Eltern klettern.
Oft hatte er sich dabei gefragt: Gibt es einen Zusammenhang zwischen dem Apfelbaum und ihm
selbst? Beide sind sie vor mehr als sechzig Jahren
geboren, aus einem Samen und mit Wasser, Licht
und Luft erwachsen geworden. Im All fühlte er
eine unglaubliche Freiheit. Alleinsein und Ängste,
die ihn auf der Erde plagten, nahm er nicht mehr
wahr. Es war so, als wären sie unwirklich und er
hätte sie sich nur eingebildet. Was ihm dort oben
allerdings fehlte, weit weg von allen Dingen der
Erde, war alles Lebende. Dann spürte er, wie kost-
bar Leben war.

In einer solchen Phase der Niedergeschlagenheit
hatte er sich bewusst an Gott gewandt. „Komm in
den Zustand, wo du die Einsamkeit bewusst wäh-
len kannst, dann verliert sie ihren Schrecken." So
lautete die Botschaft, die ihm Gott sandte. „Geh
nach draußen, beobachte andere Menschen. Du
wirst Dinge erkennen, die dir gut tun. Ein freund-
liches Lächeln wird dir entgegengebracht und du
siehst, wie ein gesunder Mensch einem Kranken
liebevoll hilft oder wie ein Kind unbeschwert mit
seinem Hündchen auf einer Wiese herumtollt.
Nimm diese Beobachtungen bewusst in dich auf,

freue dich mit diesen Menschen und stärke dich an diesen Eindrücken und Empfindungen."

Rukia hat ihm diesen längeren Augenblick des Innehaltens schweigsam gewährt, denn sie spürt, dass er an einem Punkt ist, der sein Innerstes aufwühlt. Sorgsam wählt sie daher ihre Worte: „Wie mir scheint, leidet ihr in eurer wohlhabenden Gesellschaft trotz eures Wohlstands unter Entfremdung und Sinnlosigkeit. Nehmt ihr zumindest noch die Sterne und den Mond in all ihrer Einzigartigkeit und Schönheit wahr?"

Er blickt betreten zu Boden. „Es kann wahnsinnig unglücklich machen, alles zu haben. Es ist wie verhext Ru, wir kaufen Dinge, die wir nicht brauchen, mit Geld, das wir nicht haben, um Leute zu beeindrucken, die wir nicht mögen. Wir lassen uns Grundbedürfnisse einreden, die gar keine sind. Oft stoße ich mit meinem Verstand an Grenzen und frage mich, wieso Menschen sich so dumm verhalten. Wieso sie mit Frauen oder Männern verheiratet sind, die sie nicht lieben, Berufe haben, die sie nicht erfüllen, sich im Sommer nicht ausreichend geschützt in der Sonne aalen oder aber mit dem Auto am liebsten dicht vor der Tür des E-Centers parken. Irgendwann begriff ich, dass Menschen einfach nicht genug nachdenken.

Sie setzen sich nicht mit ihrem Inneren auseinander. Wie sollten sie sich dann erst mit dem Außen auseinandersetzen?"

Wie oft hatte er den Eindruck, dass Menschen in gewisser Weise ein sinnloses Leben führen. Ja, es als eine schreckliche Qual empfinden. Eine dieser - beinahe banalen - Qualen ist es, quälend lange in einer Schlage auf der Autobahn zu stehen. Als Micklas eines Tages auf einer Autobahnbrücke stand und den in beiden Richtungen zähfließenden Verkehr betrachtete, hatte er den Eindruck, dass sich die Ströme eigentlich gegenseitig aufhoben: Jeder könne eigentlich zuhause bleiben und sich so diese sinnentfremdete Strapaze ersparen. Er hatte gelesen, dass Buddha ähnliche Beobachtungen gemacht hatte: Alles hebt sich gegenseitig auf, am Ende ist nichts, so lautet seine Botschaft. Aber selbstverständlich stand Buddha dabei nicht auf Autobahnbrücken.

Er wendet sich wieder Rukia zu: „In meiner Welt werden Ungleichheit und Ungerechtigkeit immer größer. Die Reichen werden von Tag zu Tag reicher und immer mehr Menschen von Tag zu Tag ärmer."

„Aber was sagen all diese armen Menschen dazu?". Rukia hat einen erstaunten Gesichtsausdruck angenommen.

„Sie schweigen und machen sich in immer größer werdender Zahl auf, vor allem aus Afrika, um dahin zu gehen, wo der Reichtum zuhause ist. Sie denken, dort sind Menschen, die gerne teilen, weil sie doch so viel haben. Diese Menschen werden im doppelten Sinne enttäuscht, sie verlieren ihre Heimat und ihren Glauben an Gerechtigkeit".

Es ist so, als spürten Rukia und er die Trostlosigkeit und Enttäuschung dieser Menschen in diesem Augenblick körperlich. Intuitiv faltet er seine Hände zum Gebet. Als er sich dessen bewusst wird und merkt, wie aufmerksam und interessiert Rukia diesen Vorgang beobachtet, öffnet er seine Hände, ergreift behutsam die ihren, legt ihre Handflächen aneinander und verschränkt ihre Finger. „Wir können auch gemeinsam beten. Beten ist etwas, das die Menschen tun, wenn sie Gott danken wollen oder Beistand von ihm erbitten. Wer Gott ist? Wir glauben, dass über uns ein liebevolles Wesen thront, das die Erde und alles, was auf ihr lebt, auch dich und mich, erschaffen hat. Diesen Gott können wir nicht sehen, aber wir fühlen ihn bisweilen. Beten ist der einzige Weg, den wir kennen, um mit ihm in Verbindung zu treten. Aber ein Gebet funktioniert nur, wenn es von Herzen kommt und nicht als Forderung, sondern als Dank, so als sei es schon geschehen, formuliert wird ", erklärt er ihr in knappen Worten, aber mit Nachdruck in der Stimme.

Sie beten: „Lieber Gott, heute ist ein besonderer Tag. Wir haben uns durch deine Fügung kennengelernt und spüren, dass wir alle, ob Mensch oder Tier, deine Kinder sind. Dafür danken wir und vertrauen darauf, dass wir trotz der vielen Leiden und Entsagungen bald in einer Welt leben werden, die so liebevoll ist, so wie du sie erschaffen hast. Amen."

Es ist nicht auszuschließen, dass Rukia der erste Affe in der Geschichte der Menschheit ist, der für Menschen gebetet hat.

„Wir besitzen nichts, nichts gehört uns. Weder der Baum, auf dem wir schlafen, noch die anderen Affen, die wir mögen. Nicht einmal unser eigener Körper", das sind Rukia´s Worte, nachdem beide nach dem Gebet kurz in eigene Gedanken versunken waren.

„Und doch haben wir das Gefühl, voll und ganz unsere Nächsten zu lieben und richtig zu leben. Mein Herz ist rein, und so sind alle Dinge in meiner Welt rein. Unser Leben in der Wildnis ist wirklich hart. Überall lauern Gefahren. Wir haben keine Krankenhäuser, in denen uns geholfen wird, wenn wir verletzt sind. Luxusgüter sind uns fremd. Die Aufzucht unserer Kleinen erfordert unter diesen Umständen unsere ganze Kraft und wir können nie sicher sein, dass wir es schaffen. Wir sind genauso entnervt wie ihr von der ständigen Quengelei unseres Nachwuchses und dem dauernden Obacht geben. Wir müssen ihnen alles selbst beibringen, Schulen haben wir nicht. Aber unsere Kinder sind unser größtes Glück. Wir sehen den Sinn unseres Lebens darin, es erfüllt uns mit Befriedigung. Wenn wir in unserem Tal auf Wanderschaft gehen, sind wir umgeben von all den üppigen Gaben der Natur und führen ein unendlich viel glücklicheres, wenn auch bestimmt geistig ärmeres Leben als ihr selbstgefälligen Menschen, da bin ich mir ziemlich sicher. In unserer primitiven Horde gibt es zwar nicht viele und nur einfache Freuden, aber sie sind unverfälscht und wir haben eine unablässige Heiterkeit, die uns hilft. Hält eure Zivilisation nicht für jeden Vorteil, den sie bietet, hundert Übel auf Lager? Das Liebesweh, die Eifersüchteleien, die gesellschaftlichen Ungleichheiten und die tausend selbstverschuldeten Unbequemlichkeiten, Kümmernisse und Verdrießlichkeiten eines kultivierten Lebens, die zusammengenommen eure Misere ausmachen?"

Mein Gott, denkt Micklas, die Tiere kennen uns besser als wir uns selbst. Ihre Worte treffen sein Herz und seine Seele. Liebesglück und Liebesleid, wie haben sie doch auch sein Leben und das ihm nahestehender Menschen geprägt. Er spürt das Bedürfnis, ihr davon zu erzählen. Es wird ihm ein bisschen wehtun, das ahnt er.

Was ihm eine Brücke baut, ist das Gefühl, gemeinsam mit ihr heute und hier in einer Schicksalsgemeinschaft verbunden zu sein. Obwohl sie sich erst kurz kennen, sprechen sie wie zwei alte Bekannte miteinander, können aber auch auf angenehme Weise schweigen. Sie stellen sich, zumindest hat er diesen Eindruck, dieselben Fragen an das Leben, jeder vor dem Hintergrund seiner Welt.

„Für mich ist immer wieder merkwürdig, welche Kniffe wir anwenden, um ja das Wort Liebe nicht in den Mund zu nehmen. Es fällt uns leichter über Hass, Gewalt, Mord oder Totschlag zu schreiben, zu reden und zu diskutieren.

Ich liebe Dich, nichts ist wohl schwerer zu sagen. Aber eigentlich ist es doch ganz einfach. Ich liebe dich, es braucht nur diese drei ehrlich gemeinten Wörter, die man unbedingt ausspricht oder schreibt und nicht nur denkt, um jemanden glücklich zu machen. War ich leidenschaftlich in eine Frau verliebt, sprudelten meine Hormone. Das Fremde und Geheimnisvolle, es zog mich magisch an. Nach dem ersten Kennenlernen verwandelte sich der Reiz des Neuen allmählich in Nähe und Verbundenheit. Das Gefühl, im anderen eine Art Heimat gefunden zu haben, stellte sich ein.

Schon als Jugendlicher hatte ich irgendwo gelesen, dass im Allgemeinen Frauen Liebe wichtiger ist und Männern Sexualität. Es hieß dort, Männer verliebten sich beim Sex, während Frauen erst Sex wollten, nachdem sie sich verliebt hätten. Mich überraschte auch nicht sonderlich zu erfahren, dass Männer mehr Begierdehormone und Frauen mehr Bindungshormone haben. Es half mir, eine Erklärung zu finden für viele der typischen Spannungen, die ich in diesem Bereich im Laufe der Zeit aus eigenem Erleben und bei anderen Paaren beobachten konnte. Traurig macht mich indes, dass Liebe, Partnerschaft und Erotik in unserer Gesellschaft festen Moralvorstellungen unterliegen. Liebt man jemanden, hat man ihn auch zu begehren, basta! Man verspürt immer den Zwang, diesen Moralvorstellungen entsprechen zu müssen und es herrschen darüber oft Verunsicherung, Zweifel und Schuldgefühle. Das ist bestimmt nicht nur bei mir so, sondern bei vielen und liegt häufig daran, dass die partnerschaftliche Liebe und Zuneigung im Laufe der Jahre auf der einen Seite wächst, auf der anderen Seite die Leidenschaft aber nachlässt. Sich für den Rückgang der Leidenschaft in der Langzeitbeziehung schuldbeladen, elend oder unzureichend zu fühlen, schafft dann das Unglück."

Rukia hat sich vorgebeugt und wippt mit ihrem Oberkörper leicht hin und her. „Wenn Du mir beim Erzählen ab und zu den Rücken lausen würdest, wäre ich dir sehr dankbar." So legt er, während er weiterspricht, seine Hand auf ihren Nacken und fängt an sie zu entlausen. Es ist wohl eher ein misslungenes Kraulen. Ihre liebe, trotzdem etwas traurige Erscheinung erweckt in ihm gleichermaßen Sympathie wie Mitleid.

„Stell Dir vor Ru, die wenigsten meiner Mitmenschen wissen, dass die Idee der romantischen Liebe, wonach die Ehe allein auf Liebe basiert, erst zweihundert Jahre alt ist. Vorher wurde sie aus wirtschaftlichen und standesgemäßen Erwägungen geschlossen. Und was ist unsere bittere Realität? Obwohl fast nichts einen Menschen so sehr zerstören kann wie eine Trennung, zerbricht fast jede zweite Ehe in einem Chaos aus erotischer Frustration, Langeweile und Seitensprüngen sowie quälender Eifersucht. Ein Phänomen ist für mich, dass es schon immer Ehebruch gab, selbst in Gesellschaften, in denen deswegen die Steinigung drohte. Warum sollten in fernen Ländern Menschen ihr Leben oder in unserem Kulturkreis ihren Ruf, ihre Familien und Karrieren für etwas riskieren, das nicht der menschlichen Natur entspricht? Ich frage Dich, besteht die Lösung wirklich darin, die Familie zu verlassen, wenn sich die romantischen Ideale nicht mit den unbequemen Wahrheiten des Geschlechtstriebs vereinen lassen? Interessanterweise sind die meisten untreuen Männer in ihrer Ehe ziemlich glücklich. Ich glaube, ist der erste Nervenkitzel erst einmal verflogen, dann begreifen sie sehr schnell wieder, worauf es in einer Beziehung auf lange Sicht ankommt. Respekt, Bewunderung, geteilte Interessen, gute Unterhaltungen, Sinn für Humor und so weiter. Und ich bin überzeugt, das gilt auch für untreue Frauen.

Am liebsten würde ich allen Menschen sagen: Ihr nehmt Sex viel zu ernst. Geht es nur um einen Seitensprung, dann ist es eben nicht mehr. In solchen Fällen geht es nicht um Liebe. Kein Grund, eine ansonsten glückliche Familie zu zerstören oder sich mit Eifersuchtsexzessen zu bekriegen."

Er schweigt, der Exkurs in die Welt der Liebe hat ihn emotional aufgewühlt.

Auch Rukia hält inne, dann verblüfft ihn ihre durchaus rustikale Antwort: „Ihr macht es vermutlich wie wir, liebt die Missionarsstellung und seht euch beim Sex in die Augen. Allerdings treibt es jeder bei uns mit jedem, wenn ihm danach ist und die Kinder werden von allen großgezogen. So fragt ihr euch sicherlich verwundert, wo sind da die Moralvorstellungen, so wie ihr sie zu verinnerlichen gelernt habt? Und trotzdem kommt ein Gefühl von Bewunderung für uns auf. Affen dürfen authentisch sein. Ist es nicht so?"

Rukia hat jetzt einen verklärten Blick: „Ja, in unserer Horde schläft jeder mit jeden, je nach Lust. Das was ihr Eifersucht nennt oder den Anspruch eure Partner zu besitzen, kennen wir nicht. Das gibt es nur bei euch Menschen. Wir fühlen uns in unserer Gemeinschaft so eng miteinander verbunden, weil wir uns durch die häufige körperliche und emotionale Nähe untereinander so gut kennen. Wir brauchen keine Masken aufzusetzen und dürfen so sein wie wir sind. Neben dem freien Leben in der Wildnis eine andere, große Art von Freiheit, die wir haben."

Micklas empfindet Rukia in diesem Augenblick als so rein, so frei vom Ruch der Zivilisation. Aus ihr sprechen die Urgefühle der Natur.

Lange schaut er sie an, blickt tief in ihre rehbraunen Augen mit dem schwarzen Punkt in der Mitte und sagt dann mit gedämpfter Stimme: „Wir tragen in uns den Bindungswunsch nach einem Partner und wissen gleichzeitig um unsere Neigung für eine gewisse Offenheit in Partnerfragen. Für die Probleme mit Eifersucht und Besitzanspruch haben wir bis heute leider keine Lösungen gefunden."

Viele Gedanken gehen Micklas durch den Kopf. Stilles Örtchen, Klo oder Lokus. Menschen haben viele Worte für das Ziel ihres täglichen Gangs. Aber über die Sache reden mögen nur wenige. Es folgt meist peinlich berührtes Schweigen, selbst innerhalb engster Familienkreise oder Beziehungen. Man spricht nicht über seine Ausscheidungen, obwohl es sich um ein urmenschliches Grundbedürfnis wie Essen und Schlafen dreht. Und dem

Sex geht es auch nicht besser. Dieses Verlangen wird genauso tabuisiert und die Haltung der Menschen hierzu hat sich trotz allen Fortschritts nicht weiterentwickelt. Wenn sie den Geschlechtsakt zwischen zwei Menschen sehen, sind sie befremdet, bei Tieren finden sie es normal, es erscheint ihnen natürlich.

Rukia steht auf, geht die paar Meter zu ihrem Käfig, klettert an den Gitterstäben außen empor und setzt sich oben drauf. Er folgt ihr mit seinem Blick und spinnt seine Gedanken weiter. Wie verwirrend schnell Liebe mutieren kann. Wie rasch ein geliebter Mensch zu einem Nur-Freund werden kann. Was geschieht dann mit der Liebe? Vielleicht gibt es wahre Liebe nur in der Familie. Liebe zu Kindern stirbt nicht wie romantische Liebe. Mutterliebe entsteht nicht aus Leidenschaft. Die Mutter erwartet nichts von ihrem Kind. Ist das nicht bedingungslose Liebe?

Als könnte Rukia seine Gedanken lesen hört er sie sagen. „Eure Liebe zwischen Paaren ist eine Illusion, sie ist Menschenwerk. Ihr habt sie erfunden als romantische Antwort auf eure Sehnsüchte, die in euch aufkamen, als ihr nicht mehr nur mit Fragen des Überlebens beschäftigt wart. Glaube mir, nur die Liebe zu Blutsverwandten ist ausgependelt. Das Gefühl zwischen sich liebenden Gefährten unterliegt einer Unwucht."

Er spürt in diesem Moment schmerzliche Erinnerungen ins Bewusstsein steigen. Sein Liebesleben zieht wie eine Karawane, nur viel, viel schneller an ihm vorüber. Gefühle kann man nicht kritisieren, werten, kleinreden oder leugnen. Sie sind da und unschuldig wie ein Baby. Durch den gefühlten seelischen Schmerz im Körper wird bedauernswerterweise auch der Welt Schmerz zugefügt. Sie bekommt dadurch eine andere, dunklere Färbung. Aber traurige Gefühle vergehen auch wieder, das weiß er ebenfalls. Wenn er in solchen Momenten ehrlich zu sich selbst ist, hadert er insgesamt betrachtet nicht mit dem weniger Schönen, das er erlebt hat. Sein Herz kann akzeptieren, was gewesen ist. Er wünscht den Frauen, mit denen er eine kürzere oder längere Zeit zusammen war, ein gutes Leben ohne ihn. So sieht die Welt für ihn wieder freundlicher aus.

Gewiss, er hat viel Kraft und Energie und vielleicht auch ein Stück weit seine Gesundheit dem Auf und Ab der Liebe geopfert. Daher verwundert es nicht, wenn er hin und wieder Menschen beneidet, die in der Lage sind, es sich einfach zu machen. Sie fliegen im Rudel, ohne störenden Anhang, zum „Saurauslassen" auf den Ballermann nach Mallorca. Gut, ein Ventil braucht jeder. Aber Oberflächlichkeit hat ihren Preis. Ihnen bleibt die Seinswahrnehmung verwehrt, zumindest in diesem Leben. Die Anderen, so wie er, müssen leiden, bevor sie an einem Punkt angelangt sind an dem sie die schmerzlichen Zustände in ihrem Leben verändern.

Es gibt jedoch auch Männer die ihn bewundern. Bei dem einen oder anderen Gespräch mit ihnen hat er das so empfunden. Sie sind so alt wie er, haben einen schönen Beruf, eine liebe Familie, ein Haus. Aber ihre Zukunft ist eine Einbahnstraße. Und er?

Er hatte versucht, die Ansprüche an das eigene Leben und die Ansprüche an und von anderen ernst zu nehmen. Zweimal hatte er dafür sogar geschworen. Beide Male in Uniform. Einmal das Recht und die Freiheit des deutschen Volkes tapfer zu verteidigen, so wahr ihm Gott helfe, zu Beginn seines Soldatenlebens. Ein anderes Mal, in guten und in schlechten Zeiten und bis das der Tod sie scheidet, für seine Braut mit Gottes Hilfe da zu sein, als er in Uniform kirchlich heiratete. Bis heute sind diese Schwüre tief in ihm verwurzelt. Ob die Menschen, die sie von Amts wegen abgenommen haben, noch am Leben sind? Er hat ihre dienstlich würdevollen Gesichter noch vor Augen. Heute übt er den Beruf nicht mehr aus und ist nicht mehr mit dieser Frau verheiratet. Eine würdevolle Zeremonie, um diese Schwüre mit Gottes Hilfe wieder zurückzunehmen, gibt es nicht. Können sie überhaupt je wieder zurückgenommen werden? Was er hat sind zwei offizielle Stücke Papier, sogenannte „Entlassungsurkunden", eine aus dem aktiven Dienst und die andere aus der Ehe. Er hat sie in seinem Leitzordner mit der Aufschrift „Privates" abgelegt.

In seinem jetzigen Leben, das erstmals frei von finanzieller und sonstiger Verantwortung ist, beginnt er seine Unabhängigkeit langsam zu realisieren und zu genießen. Am liebsten würde er noch mehr dem Klischee vom wohlversorgten Pensionär mit Tagesfreizeit widersprechen und ungewöhnliche Dinge machen. So ist er mittlerweile zumindest schon „Mister Magie" geworden. Unter diesem Pseudonym tritt er bisweilen als freiberuflicher Zauberkünstler auf, der gekonnt Illusionen in den Köpfen der Zuschauer und Gefühle in ihren Herzen auslöst. Es war ein mutiger Schritt diesen Weg einzuschlagen und es mag nur der Anfang von einem Weg sein, von dem keiner weiß, wohin er führt.

„Du musst dich nicht grämen und dich zu viel mit Problemen und Konflikten in Partnerschaften herumschlagen, denn selbst Sterne knallen manchmal aufeinander und es entstehen neue Welten", versucht ihn seine kleine fellbehaarte Poetin zu besänftigen, denn sie hat wohl gespürt, was ihn gerade umgetrieben hat. Sätze, die übrigens so ähnlich schon der weltberühmte Komiker Charly Chaplin bei seiner Geburtstagsfeier zu seinem siebzigsten Geburtstag gesagt hat. Ob sie das weiß?

Sie sind nun schon mehrere Stunden zusammen und fühlen die zarten Keime einer Freundschaft aufgehen, wohl auch deswegen, weil sie offenbar keine, selbst keine intimen, Geheimnisse voreinander haben.

Liebe geht durch den Magen. Gut, dass ihre Lage in dieser Hinsicht völlig entspannt ist.

Für die Bananen aus der Obstabteilung hat Rukia eine sicherlich genetisch bedingte Vorliebe. Die Weihnachtsnüsse knackt sie mit einem Holzknüppel. Sie liebt ansonsten grüne Bohnen, Orangen und ganz besonders Nutella.

Wenn sie zusammen etwas aus den anderen Abteilungen holen und Rukia ihm tragen hilft, fällt ihm auf, dass sie sich ausgezeichnet zweibeinig fortbewegen kann. Sie geht ihm dann bis zum Bauchnabel. Nicht nur deswegen sind sie ein sehr ungleiches und doch auch wieder gleiches Paar.

Auf dem Weg dahin verfällt sie meist in den Knöchelgang. Das Gewicht ihres Körpers lastet dann auf den gekrümmten Händen. Es ist drollig anzusehen. Er stellt sich vor Bonobos in freier Wildbahn zu beobachten, ein Schauspiel, das bisher nur wenige Menschen jemals wirklich erlebt haben.

Zunehmend macht er Fortschritte darin, ihre Mimik und Gestik zu verstehen. Wenn sie ihn um Nahrung bittet, dann tut sie das mit offenen Händen. Scheint sie besorgt zu sein, macht sie die Lippen spitz. Ist sie verängstigt, zeigt sie ihm ihre Zähne. Ein Lächeln symbolisiert eine gelassene, freundliche Rukia. Er weiß aus Daktari, dass ein Schimpanse dann bereit ist anzugreifen, wenn die Lippen fest zusammen gedrückt sind. Schaut er sie an spürt er, dass er sich darüber keine Sorgen machen muss.

Manchmal bemerkt er einen Schimmer in ihren Augen und erkennt dahinter ein denkendes und fühlendes Wesen. Beobachtet er sie beim Spielen, begreift er ihre Freude und Lebenslust. Dann wird ihm klar, eine wahre „Blutsverwandtschaft" verbindet sie.

Er wusste schon vorher, Affen sind extrem intelligent. In Phasen, in denen Rukia einfach nur schweigt, beobachtet er sie und bewundert, wie akribisch und treffend sie die Teile eines Puzzles aus der Spielzeugabteilung in die richtige Ordnung bringt. Dabei wird ihm bewusst, dass - im Vergleich mit seinen Töchtern im Kleinkindalter - Affen viel kreativer sind und schneller lernen. Nun gut, Rukia ist kein Kind mehr. Und der herzbewegende Blick ihrer Augen mag daher rühren, dass das Cover der Schachtel die bunte Vielfalt der Savanne in Afrika zeigt.

Biologisch gesehen gehört der Mensch zu den Säugetieren. Nach Lehrmeinung zu den Primaten, also der Tierfamilie der Affen. Allerdings unterscheidet er sich vom Affen ganz erheblich: Der aufrechte Gang, die höhere Ausbildung des Gehirns, verbunden mit Denkfähigkeit und Sprache, sowie die Fähigkeit, Werkzeuge herzustellen und gezielt einzusetzen, machen einen gewaltigen

Unterschied aus. Oder ist er doch nicht so bedeutend? Wenn er sich Rukia so anschaut, kommen ihm da ernsthafte Zweifel.

Er stellt sich vor, wie sie, in Vorfreude des Gaumens, mühsam, aber geduldig, mit einem Stöckchen Termiten aus einem Bau puhlt. Haben es die Menschen nicht viel weiter gebracht? Neuerdings erwartet sie ein Insektenburger, reich an Proteinen, rund um die Uhr bei allen großen Fast Food Ketten.

Aber warum hat der Mensch bei all der Ähnlichkeit so wenig Respekt für seine engsten genetischen Verwandten? Warum sagen wir „du blöder Affe" zu manchen Mitmenschen, verwenden also Schimpfworte, die so ganz und gar nicht der Realität entsprechen.

Ein Artikel aus der Zeitung fällt ihm ein. In Frankreich herrschte Aufregung um eine Musikerin. Einige Menschen hatten die farbige Künstlerin als Affe bezeichnet und haben ihr Bananen angeboten.

Ist es nicht erstaunlich, dass es im Grunde immer heißt, eigentlich sind wir alle Tiere, aber wenn man einen Menschen mit einem Tier gleichsetzt, geschieht das meist, um ihn verächtlich zu machen. Ausgenommen sind unsere Kosenamen. Mäuschen ist so ein Beispiel. Häufiger im Gebrauch sind allerdings weniger romantische Beispiele. Wie sagte letztens ein Mann aus dem Publikum nach der Veranstaltung unter vier Augen zu ihm, als er mit seinen Zauberkunststücken in einer Reha-Klinik zu Gast war. Er hatte zum Schluss der Vorführung einen Blumenstrauß aus dem Hut gezaubert und einer Frau im Rollstuhl in der ersten Reihe geschenkt. „Je länger ich mit meiner Partnerin zusammen bin, desto größer werden die Tiere."

In dieser Nacht schmiegt sich Rukia an ihn. Es ist ihm recht. Es ist die Sehnsucht nach Geborgenheit. Es geht ihnen beiden so.

4. Das Leben

Was sagt man einem Affen am Morgen, mit dem man die Nacht Seite an Seite verbracht hat? Während Micklas noch darüber nachdenkt, nimmt Rukia ihm diese Knifflichkeit ab.

„Ich habe in den letzten Stunden darüber nachgedacht, was du mir von dir, dem Liebesweh und sonst noch von euch Menschen erzählt hast. Von all den armen und später enttäuschten Kreaturen, die mein Land verlassen, um bei euch ihr Glück und bessere Lebensumstände zu finden, wusste ich nichts. Die, die weggingen, sind gar nicht aufgefallen, es gibt ja so viele von ihnen und es werden immer mehr." Rukia schüttelt den Kopf. „Menschsein scheint nicht die leichteste Aufgabe zu sein", resümiert sie und rutscht näher an ihn heran.

Aus der Nähe kann er erstmals das Leiden in ihren Augen erkennen. Tränen hatten tiefe Furchen in ihren Wangen hinterlassen. Ihre Haltung ist selbst beim Sitzen gebeugt. Wirkung der Gefangenschaft? Er streichelt ihr mit einer Hand über das Gesicht und mit der anderen sanft ihren Rücken. Rukia wirkt für den Augenblick entspannter.

„Es war zu der Zeit, als ich von meinen Eltern das Beten lernte und in der Schule zu lesen und zu schreiben", fängt er an zu erzählen. „Die Erwachsenen, die gerade den Baby-Boom der Nachkriegszeit erlebten, stellten sich die Frage, ob und wie die Überbevölkerung, die sich auf der ganzen Welt abzeichnete, die Menschen sozial beeinflussen würde. Einige Forscher in den USA wollten es ganz genau wissen. Sie bauten für eine Mäusepopulation ein wahres Wohnparadies unter Laborbedingungen und wollten sehen, wie sie sich entwickelt. Der vorhandene Platz im Liliputhaus von zunächst komfortabler Größe blieb konstant. Die Mäuse konnten also nicht auswandern und woanders eine neue Population gründen. Dann quartierten sie die ersten Bewohner ein: vier Pärchen gesunder Mäuse. Die brauchten nur kurz, um zu verstehen, dass sie im Mäusemärchen gelandet waren und begannen sich eifrig zu vermehren. Bald lebten in dem Bau mehr als 600 Mäuse, es bildete sich eine bestimmte Hierarchie und gewisses soziales Leben. Es war mittlerweile enger als früher. Als nächstes formierte sich die Kategorie der „Außenseiter", die ins Zentrum des Baus vertrieben wurden. Sie wurden oft Opfer von Aggression. Vorrangig waren das junge Tiere, die keine soziale Rolle in der Mäusehierarchie finden konnten. Das Problem entstand daraus, dass in den idealen Bedingungen die Mäuse sehr lange lebten, die alternden Mäuse machten den Platz für die Jungen nicht frei."

„Und wie ist das Experiment ausgegangen?", ungeduldig unterbricht ihn Rukia und rutscht dabei auf ihrem Kissen hin und her.

„Unter dem Druck der zunehmenden Bevölkerungsexplosion zerbrachen alle sozialen Strukturen, sonst mäuseübliche Verhaltensweisen wurden deformiert. Es verbreitete sich zum Beispiel Kannibalismus bei gleichzeitigem Überfluss an Nahrungsmitteln und auch die Mäusemütter schützten ihre Kleinen nicht mehr, sondern fraßen sie auf. Die Mäuse starben rasant aus, am 1780ten Tag nach Beginn des Experiments starb der letzte Bewohner des „Mäuseparadieses".

Schweigen im Raum. Micklas fährt fort: „Genauso wie die Zahl der Mäuse im Mäuseparadies verdoppelt sich auch die Zahl der Menschen in immer kürzer werdenden Zeitabschnitten. Von

1,25 Milliarden im Jahre 1868 war sie bis Ende der achtziger Jahre des letzten Jahrhunderts auf 5 Milliarden angewachsen. Heute sind wir bei über 8 Milliarden. Droht uns Menschen dasselbe Ende wie der Mäusepopulation im Experiment? Was mich nachdenklich stimmt ist die Zahl, die die Mäuse-Forscher als ideale Bevölkerungszahl für unseren Planeten errechnet hatten: 70 Millionen Menschen!

Ich kann dir versichern, so richtig beruhigt mich die Versicherung von offizieller Seite nicht, die gemachten Beobachtungen und Ergebnisse seien nicht auf den Menschen übertragbar. Mäuse seien „keine perfekten Modelle" für menschliches Verhalten. Der Mensch habe im Gegensatz zu anderen Tieren ein außerordentliches Talent, friedlich in riesigen Gruppen zusammenzuleben.

Gestern Morgen, bevor ich mich auf den Weg hierher ins Kaufhaus machte, las ich in der Zeitung von Unruhen in Einkaufszentren in Frankreich. In mehreren Städten und Gemeinden des Landes musste die Gendarmerie ausrücken, um Schlägereien unter Kunden zu beenden. Sie prügelten sich um Nutellagläser, der italienische Hersteller hatte den Preis um 70 Prozent gesenkt. Der gesamte Vorrat war rasch vergriffen. Nutella gehört zu den beliebtesten Brotaufstrichen der Franzosen, und nicht nur der Franzosen, nicht wahr Ru?" Micklas Gesicht nimmt kurzzeitig einen schelmischen Ausdruck an. „So viel zum besagten außerordentlichen Talent von Menschen!"

„Du machst dir, wie mir scheint, große Sorgen, ob die Ausbreitung von solcher Gewalt in eurer Wohlstandsgesellschaft, erste Alarmsignale für eure Fehlentwicklung sind?"

„Mir scheint du kennst mich mittlerweile gut. Ich wage mir tatsächlich gar nicht vorzustellen, dass ein Tag der Morgendämmerung über die Menschheit hereinbrechen könnte, an dem der letzte Bewohner des „Menschenparadieses" an Eigendeformation zu Grunde geht. Die jetzige Flüchtlingsdebatte, nicht nur in Europa, greift in diesem Zusammenhang viel zu kurz. Ich weiß nicht, wie es zukünftig weitergehen soll und wäre froh, ich hätte eine Idee, was man tun könnte. Ich vertraue darauf, dass unser Gehirn uns eine Lösung liefern wird. Das Gehirn weiß aufgrund seiner Erfahrungen, was für uns Menschen gut ist. Es hat dafür zu sorgen, dass uns nichts passiert. Es ist ein brillantes Problemlösungsinstrument, was wir da im Kopf haben und es hat gelernt, wie man mit Verunsicherungen umgeht. Ich kann mir gut vorstellen, dass wir eine Bewegung bekommen werden, in der ganz viele Menschen aus allen Ländern dieser Welt vereint versuchen werden, unsere dringendsten Probleme zu lösen. Sie werden es machen wie manche Tierarten, die die Intelligenz des „Schwarms" nutzen. Ich würde dieser Bewegung den Namen „Pulse of the World" geben."

Ein Leuchten ist in Micklas Augen zu sehen.

„Gestatte mir eine Bemerkung Mi. Ihr, die ihr in der Wohlstandszone lebt, haltet euch für permanent optimierungsbedürftig. Wollt erfolgreicher, schöner, glücklicher und anerkannter sein. Aber du siehst, wohin das alles geführt hat!"

„Ja ich weiß. Wir sind ein Heer von Individualisten geworden. Ich möchte fast sagen Egoisten und haben seit Jahrzehnten das rechte Maß, bei dem, was wir tun und wie wir unsere Welt mit all ihren Geschöpfen behandeln, aus den Augen verloren. Du fragst mich, wie es so weit kommen konnte? Gute Frage, da mag Vieles eine Rolle spielen. Einer der Gründe ist der Ehrgeiz von Menschen, nicht auf der Stelle zu treten, sondern unter allen Umständen weiter kommen zu wollen. Und manchmal heiligt der Zweck die Mittel. Ehrgeiz war und ist eine unserer Tugenden und jeder Vater stolz auf einen ehrgeizigen Sohn. Aber zu oft haben wir das Gemeinwohl und den Zustand unserer Mutter Erde verdrängt. Auch ich war so. Allerdings merkte ich irgendwann, wie der Anspruch immer besser zu werden und etwas erreichen zu müssen oder zu wollen, eine Belastung für mich war, ja manchmal zu meiner Überforderung führte. Das Leben hat mich gelehrt, dass beruflicher Erfolg, eine gelingende Beziehung oder körperliche Makellosigkeit schlicht und einfach nicht in gleichem Maße für jeden erreichbar sind und ich verstand: „Bleib so gut und nicht gut wie du bist." Du bist nicht beliebig anpassungsfähig. Kannst dich nicht grundsätzlich wandeln und auch nicht in allen Bereichen gut und erfolgreich sein, so sehr du dich auch anstrengst. Freilich habe auch ich meine spezifischen Begabungspotentiale. Ob mein Leben aber gelingt, hängt in hohem Maße davon ab, dass mein Umfeld meine Neigungen und Talente überhaupt erkennt und fördert. Heute weiß ich, es ist klüger, ein Ziel, welches einen überfordert, einfach aufzugeben. Nur wenn man von etwas fest überzeugt ist und sich kleine Erfolge bei der Realisierung „seines eigenen Projektes" einstellen, gilt es durchzuhalten. So war es auch bei mir. Die „Bühnensau", wie mich meine Freundin zu Beginn meiner künstlerischen Karriere als Mister Magie nannte - so dachte ich anfangs - sei ich nicht. Meine Herkunft und das Milieu, aus dem ich stamme, stünden mir dazu im Wege. Ich fürchtete harte Arbeit an mir selbst, Zwang zu beharrlicher Disziplin und ernsthaftes Training würden nicht genügen. Doch genau auf diese Weise gelangen mir zunehmend mehr Erfolge. Ich möchte den Menschen in ähnlichen Situationen daher sagen: Schaut auf mein Beispiel und setzt eure eigenen Maßstäbe an denen sich eure persönliche Entwicklung ausrichten kann."

Kaum zu Ende gesprochen steht Micklas auf und geht einige Minuten vor Rukia schnellen Schrittes hin und her. Er braucht jetzt Bewegung. Unangenehm ist ihm dabei, dass er die Vögel, Hamster, Mäuse und sonstiges bedauernswertes Getier in ihren Käfigen damit in Aufruhr versetzt.

Während er geht, spricht er in den Raum: „Ja, ich sehe ein, dass ich früher sehr ichbezogen war. Jetzt, da ich mit mir im Reinen bin und weiß, wo ich im Leben stehe, habe ich plötzlich den Blick frei für mein Außen. Ich kann mich mit dem, was um mich herum passiert, intensiver auseinandersetzen. Vorher war ich wie gedeckelt. Damals ging es mir wie den meisten Menschen, die in der Ausbildung, im Beruf oder in ihren Familien fast rund um die Uhr ihren Mann oder ihre Frau stehen müssen. Ihre Antennen stehen häufig nicht auf Empfang für die wirklich wichtigen Probleme unserer Welt. Aber das Erwachen kommt zu irgendeinem späteren Zeitpunkt im Leben und bedeutet eine folgenschwere Zäsur."

Die aus seinen Worten heraushörbare grundsätzliche Lebensbejahung lockt Rukia aus der Reserve. „Lass dir und allen Menschen gesagt sein, dass die Evolution, die euch zu dem gemacht hat, was ihr heute seid, sich nicht dafür interessiert, was ihr als Glück bezeichnet. Es macht somit keinen Sinn, aufzubrechen und es woanders zu suchen. Die Evolution interessiert sich nur für Überleben und Fortpflanzen und achtet deshalb darauf, dass wir, egal ob Affe oder Mensch, nicht zu glücklich oder zu unglücklich werden. Egal wo wir leben. Sie sorgt dafür, dass ich ein angenehmes Gefühl erlebe, wenn ich mit einem Affenmann schlafe und er seine Gene an mich weitergibt für neues Leben. Gäbe es die Lust nicht, täten wir es nicht. Dass sie nachlässt ist okay, sonst würde er sich ja nicht nach anderen Weibchen umschauen. Stimmst du mir zu, dass wir erstaunlicherweise so gleich sind und dass das Einzige, was uns so richtig glücklich macht, die körperlichen Empfindungen sind?"

Die Innenwelt des Menschen ist eine seelische und lebt nicht von nackten Zahlen und Fakten, sondern von Gefühlen und Emotionen, das weiß er schon lange. Dass es auch so bei Affen ist hat er gerade erfahren. So überrascht es nicht, dass beide mit einem Mal von einer aufkommenden Sehnsucht nach körperlicher Nähe ergriffen werden. Sie beginnen sich behutsam zu umarmen. Um die fehlenden Zentimeter an Höhe auszugleichen springt Rukia auf das daneben stehende Regal. Er hatte noch nie einen Affen wie ein Liebchen im Arm. Sie riecht nach Freiheit, er nach Chanel Nr. 5.

„Wenn wir vor Überschwang tanzen, dann hat das nichts mit materiellen Dingen oder Liebe zu tun. Wir tun es aufgrund der göttlichen Stoffe, die durch unser Blut rauschen. Und den blitzenden Stürmen in unserem Gehirn. Wir erklimmen Höhen und rauschen in die Tiefe in unserem Freudenrausch, aber langfristig kommen wir immer wieder zum Ausgangspunkt zurück", säuselt sie mit sanfter Stimme, nachdem sie leicht verschämt voneinander gelassen haben. Dann hebt sie ihren Mundwinkel an und fertig ist das perfekte Affenlächeln.

„Ach..., auch wir sind hormonell gesteuert", er räuspert kurz. „Aber unser Menschenleben ist eher wie eine Klimaanlage, egal welche Kapriolen das Leben mit uns schlägt, sie regelt unsere Gefühle. Äußere Ereignisse wirken sich kurzfristig aus, doch unsere Klimaanlage stellt die Ausgangstemperatur rasch wieder her. Wir Menschen haben alle die gleiche Körpertemperatur von 37 Grad, aber unsere Klimaanlage der Gefühle ist nicht gleich eingestellt und unterscheidet sich individuell. Es kommen Menschen mit einem heiteren Stimmungsbild auf die Welt und leben unabhängig von ihren Lebensumständen relativ zufrieden, andere dagegen bleiben auch dann noch niedergeschlagen, wenn sie alles haben, was ihr Herz begehrt. Es hilft, wenn jeder die Temperatur seiner Klimaanlage erforscht und sich damit identifiziert."

Für den Moment ist ihm sein Mund ganz trocken geworden, und er hat das Bedürfnis zu trinken. Auf der Bühne ist es oft so, wenn er Lampenfieber hat und erregt ist. Er trinkt einen Schluck und wendet sich dann wieder seiner Affendame zu: „Aber eines gilt für uns alle gemeinsam, für uns Menschen und euch Affen. Du brauchst dazu nur in einen wolkenlosen Nachthimmel zu schauen und du siehst ein Meer von Sternen und Planeten, die sich im unendlichen Kosmos umkreisen und trotzdem nur ein Bruchteil des Universums sind. Und ich bin sicher, nicht nur die Planeten in unserem Sonnensystem ordnen sich nach harmonischen Gesetzmäßigkeiten an und streben nach Harmonie. So tanzen unsere Erde und die Venus acht Jahre umeinander und formen dabei einen wunderschönen Fünfstern. Wenn du jetzt ganz tief in dein Inneres blicken könntest, könntest du ein ebensolches Meer von Atomkernen sehen, die umkreist werden von Teilchen, für die unsere Wissenschaftler spezielle Namen haben und darum herum ist unendlich viel Platz. Ja wir tragen ein Modell des Universums in uns. Und trotz des vielen leeren Raums, aus dem wir überwiegend bestehen, erkenne ich dich unverwechselbar als die Affenfrau Rukia und du mich als den Menschenmann Micklas. Hast du für dieses Wunder eine Erklärung? Und es gibt so viele Wunder, für die wir keine Erklärung haben.

Die Schlauen unter uns wissen, dass wir eigentlich nichts wissen, obwohl es schon erstaunlich ist, was in unserem rund 1,4 Kilogramm schweren Gebilde namens Gehirn steckt. Es lernt pausenlos dazu und vergisst. Wie aus diesem unermesslich komplexen Geschehen schließlich Freude und Schmerz entstehen, weshalb wir Musik lieben oder mit etwas Übung auf einem Seil balancieren können, haben wir bis heute nicht genau verstanden. Genauso wenig ist uns bekannt, dass alle Planeten eine Art kosmische Musik produzieren. Hast du schon einmal Jupiter gehört? Er knirscht wie die Straßenbahn Linie 66, mit der ich täglich nach Bonn zur Arbeit gefahren bin. Der Klang der Erde aber ist wie das Zwitschern der Meisen auf meiner Terrasse. Ich glaube, die Vögel verstehen die geheime Sprache des Universums. Sie wecken mich morgens im Konzert mit der Schöpfung."

„Ihr merkt aber nicht, dass die Vögel unter euch immer weniger werden?", entgegnet Rukia mit interessierter Miene. „Dafür habt ihr so viele feste Überzeugungen und leidet so sehr darunter. Warum lasst ihr diese nicht einfach los? Wenn ihr keine festen Ansichten mehr habt, dann werdet ihr bereit sein zu lernen. Freiheit von festen Überzeugungen ist als würde man Luft in einen verschlossenen Raum lassen. Nichts kann dich daran hindern Mi, König der Welt zu sein. Die einzige Welt ist die, die du dir machst und deiner Vorstellung sind keinerlei Grenzen gesetzt."

„Ich und König der Welt?", er muss schmunzeln.

Auch Rukia lächelt: „Dies ist für Dich völlig unvorstellbar, nicht wahr?"

Das Leben, in das Micklas hineingeboren wurde, ist, wenn man es genau betrachtet, voller Widersprüche. Es ist geprägt von Schmerz und Kampf, von Freude und Schönheit, von unumgänglichen Leiden und von Sehnsüchten. Aus all dem wuchsen seine Erfahrungen. Dabei erscheint es ihm, dass die Menschen durch ihre Grenzen bestimmt sind. Unter sich haben sie die Tiere, von denen sie sich, wie sie glauben, durch ihre Vernunft unterscheiden und über sich einen Gott, der ebenso wie sie vernunftbegabt ist, aber unsterblich. Die Menschen finden einigermaßen ihre Balance, so glaubt er, wenn sie sich dazwischen bewegen, denn sie sind ein Zwischending zwischen Tierhaftigkeit und Göttlichkeit.

„Du bist der Held deines eigenen Lebens Mi, denn mir scheint, du hast erkannt, dass dein Leben alles ist, was du hast. Und du bist klug, klüger als die meisten Affenmänner in meiner Horde. Aber ich glaube, wenn du trotz deiner Klugheit versuchen wolltest, alles, was dich umtreibt, zu verstehen, würde dein Kopf platzen."

Als sich ihre Worte, über die er eine Zeit lang nachdenkt, gesetzt haben, verspürt er das Bedürfnis, ihr ein Märchen zu erzählen. Es handelt von den Göttern, die zu entscheiden hatten, wo sie das größte Geheimnis des Lebens verstecken sollten, damit es der Mensch nicht finden könne, bevor er reif dazu sei, damit umzugehen.

„Ein Gott schlug vor, es auf der Spitze des höchsten Berges zu verstecken, aber die Götter erkannten, dass der Mensch den höchsten Berg ersteigen und das größte Geheimnis finden würde, bevor er reif dazu sei," beginnt er zu berichten. „Ein anderer Gott sagte, lasst es uns auf dem Boden des Meeres verstecken. Aber wieder erkannten sie, dass der Mensch auch diese Region erforschen und das größte Geheimnis des Lebens finden würde, bevor er dazu reif sei. Schließlich sagte der weiseste Gott: Ich weiß, was zu tun ist. Lasst uns das größte Geheimnis im Menschen selbst verstecken. Er wird niemals dort danach suchen, bevor er reif genug ist, den Weg nach innen zu gehen. Und so versteckten die Götter das größte Geheimnis des Lebens im Menschen selbst und dort ist es noch immer und wartet darauf, dass wir es lüften und weise damit umgehen.

Ich denke so viel darüber nach, was dieses größte Geheimnis sein könnte, habe immer wieder neue Spuren, aber je mehr ich mir darüber den Kopf zerbreche, desto widersprüchlicher werden sie."

Rukia schaut ihn auf einmal mit einem Blick an, den er so an ihr noch nicht wahrgenommen hat. So, als würde sie mit sich hadern. Es vergehen einige Augenblicke, bevor sie spricht: „Ich kenne das größte Geheimnis des Lebens auch nicht. Aber ich kann dir ein anderes, großes Geheimnis der Menschheit verraten. Mir scheint, Du kommst in Deinem Leben nicht darauf, weil es Deine Denkweise nicht zulässt."

Es ist so, als hätte sich die Luft im Raum plötzlich aufgeladen, die Spannung ist für ihn körperlich spürbar. Er hat das Gefühl, als wären die anderen Tiere in ihren Käfigen abrupt verstummt, so als hätten sie die ganze Zeit gelauscht und wollten nun das Finale um keinen Preis verpassen.

„Ihr Menschen glaubt, Herr eurer Gedanken zu sein. Euer vermeintlich freier Wille ist aber eine Illusion, eine Illusion wie übrigens euer gesamtes eigenes Ego, das es in Wirklichkeit gar nicht gibt, und - wie ich dir schon sagte - auch eure Vorstellungen von partnerschaftlicher Liebe. Dein Ego ist nichts wie eine Ansammlung willkürlicher Standpunkte, die du durch deine Denkprozesse aufgebaut und durch Gefühle und Emotionen mit Kraft erfüllt hast! Es fällt dir sicher schwer dies zu akzeptieren. Gut. Nehmen wir an, du hättest einen freien Willen. Es wäre ein Wille, der von nichts abhinge: ein vollständig losgelöster, von allen ursächlichen Zusammenhängen freier Wille. Wäre das nicht ein abstruser Wille? Seine Losgelöstheit würde bedeuten, dass er unabhängig wäre von deinem Körper, deinem Charakter, deinen Gedanken und Empfindungen, deinen Phantasien und Erinnerungen. Es wäre, mit anderen Worten, ein Wille ohne Zusammenhang mit all dem, was dich zu Micklas macht. Er wäre deshalb gar nicht dein Wille".

Sie blickt ihm tief in seine blauen Augen, so als suche sie dort nach Anzeichen der Bestätigung.

„Nur weil ihr ständig etwas entscheidet, habt ihr das Gefühl, in eurer Wahl frei zu sein", ereifert sie sich weiter. „Lass es mich weiter fassen und so formulieren: Du tust nicht was du willst, sondern du willst, was Du tust! Es scheint mir, eurem Bewusstsein bleibt verborgen, dass eigentlich das Unbewusste der Chef in euch ist. Es ist der Bereich eures Geistes, der euer Verhalten kontrolliert, aber seinerseits keiner Kontrolle durch eure Gedanken oder eurem Wissen unterliegt. Es ist die eigentliche Triebfeder eures Handelns. Wir Affen wissen das, es ist auch bei uns so ähnlich und deswegen haben wir Gelassenheit bei allem, was wir tun. Etwas, was euch fremd ist."

Ihre Worte dringen tief in sein Innerstes. Was Rukia ihm soeben verraten hat, ist etwas, dass er auch schon erahnt hat. Dann hatte er die Empfindung, als wäre er nicht nur von seinem Unterbewusstsein gesteuert sondern als wäre das Drehbuch seines Lebens in gewisser Weise schon geschrieben. Seltsamerweise beruhigte ihn jedes Mal diese Vorstellung. In den letzten Jahrzehnten hatte es tatsächlich raffinierte Tests gegeben, die zeigten, dass das Gehirn bereits Aktivität zeigt, bevor uns bewusst wird, dass wir eine Entscheidung gefällt haben. Ist dies ein Hinweis darauf, dass es eine höhere Macht gibt? Dass der Mensch keinen Schritt mehr tun kann ohne den Einfluss des Himmels? Wäre damit nicht das Schicksal des Universums und aller darin befindlicher Objekte von Anfang an festgelegt? Doch stellt das wirklich die eigene Willensfreiheit uneingeschränkt in Frage? Er ist sich nicht sicher. Sein Wille ist zwar bedingt durch seine persönliche Geschichte, Genetik, Denkstruktur und Prägung, da mag Rukia Recht haben. Aber er fühlt sich in der Lage in jedem Augenblick in die Rolle eines neutralen Beobachtens zu gehen, aus der heraus er über die Umsetzung seines Willens reflektieren kann um frei zu entscheiden, was er letztendlich aus dem Willen heraus für eine Handlung geschehen lassen will. Da ist er sich ziemlich sicher. Der Wille ist nicht frei, sondern bedingt, gut das stimmt. Ihre Botschaft schockiert ihn also nicht, und das Vertrauen in eine höhere Macht, die die Geschicke eines jeden lenkt, und wenn man ehrlich ist, vermuten wir sie doch alle irgendwo in der Weite des Kosmos, ist darüber hinaus etwas, das auch in ihm Ruhe und Geborgenheit aufkommen lässt.

Nach diesem Ausflug in die Welt des geistig nicht leicht Vorstellbaren und Spirituellen, versucht er wieder mehr Bodenhaftung in ihr Gespräch zu bringen, ohne damit die Bedeutsamkeit des eben Gehörten schmälern zu wollen.

„Die wahren Pioniere, die als erste die Erdatmosphäre verließen und in die Weite des Kosmos vorstießen, waren übrigens Tiere. So war die Mischlingshündin Laika der erste Vierbeiner, der mit einer Rakete von Menschenhand gesteuert in den Weltraum flog. Erst viele Jahre später erfuhr die Welt, welch qualvollen Tod die zweijährige Hündin gestorben war. Schon nach wenigen Stunden war ihre Sputnik-Kapsel völlig überhitzt, Laika hatte keine Chance. Doch ihr schicksalhafter Flug half bei der Entwicklung von Schutzmaßnahmen, wie etwa Raumanzügen. Es folgten weitere Lebewesen: Katzen, Insekten, Mikroben und Pflanzen. 1968, kurz bevor erstmals Menschen den Mond betraten, kreisten Schildkröten um den Erdtrabanten. Und selbst Spinnen fertigten erfolgreich ihre Netze in der Schwerelosigkeit. Zuletzt wurden mehrfach Mäuse zur Internationalen Raumstation ISS gebracht. Erstaunlicherweise gewöhnten sie sich sehr schnell ein. Innerhalb von fünf Minuten schwebten sie durch ihre Quartiere, machten sich sauber und aßen, wie auf der Erde. Die Tiere haben Dienste erwiesen, die kein Mensch übernommen hätte. Die wahren Weltraumhelden sind allerdings spezielle Bärtierchen. Die kaum einen Millimeter großen Wesen wurden für zwölf Tage auf einem Satelliten dem Vakuum und der Kälte sowie der kosmischen Strahlung des Alls ausgesetzt. Und: Die Bärtierchen überlebten. Und so wird es eines Tages auf der Welt sein. Viele Menschen glauben, wir werden uns und unsere Natur und Umwelt, so wie wir sie kennen zerstören, wenn unser Planet es denn zulassen wird! Wir seien auf dem besten Weg dahin. Aber ich bin sicher, das Leben auf der Erde würde weitergehen, es gäbe dann einen Neuanfang, vielleicht mit Bärtierchen".

Rukia zieht ihre wulstigen Augenbrauen langsam nach oben, ihr ohnehin von faltigen Hautfurchen durchzogenes, und so oftmals traurig wirkendes Gesicht wirkt damit noch trauriger: „Unser tragischer Held ist Ham. Er hatte mehr Glück, wenn man es denn so bezeichnen kann, als Laika. 1961 war er der erste Schimpanse, der ins All startete. Knapp sieben Minuten lang erlebte er die Schwerelosigkeit, dann landete er mit seiner Kapsel im Atlantik. Leicht müde und dehydriert, aber sonst in gutem Zustand sei Ham danach gewesen, hieß es von der US-Raumfahrtbehörde NASA. Diese Nachricht drang bis zu uns in den Busch. Trotzdem wollte keiner von uns bis heute mit ihm tauschen. Er war sieben Minuten Teil des unendlichen Kosmos und trotzdem eingesperrt in einer Kapsel und auf der Erde wartete ein Käfig auf ihn. Was aus ihm geworden ist, wissen wir nicht."

Sie blicken sich für kurze Zeit an. In Micklas erwächst das Verlangen Rukia und den Tieren etwas, aus deren Sicht sicherlich äußerst Erstaunliches, mitzuteilen. Ein Stück weit auch als Dankeschön für die Aufklärung über den freien Willen. „Ich möchte Dir und allen anderen Tieren im Raum etwas verraten. Es ist etwas, das ihr vielleicht noch gar nicht bemerkt habt, denn man kann es nicht sehen und muss Mensch sein, um davon zu wissen."

Die Tiere schweigen wie auf Knopfdruck ein weiteres Mal.

„Ihr habt die meiste Zeit die Welt für euch alleine, denn wir Menschen sind entweder im Gestern oder im Morgen mit unseren Gedanken. Nur wenn wir euch etwas Gutes tun wollen oder Böses im Schilde führen, dann kommen wir zu euch in das Jetzt. Sonst nehmen wir euch meist gar nicht wahr und sind nur mit uns selbst beschäftigt. Und sogar, wenn wir uns mit einem anderen Menschen unterhalten, sind wir oftmals gedanklich jeder ganz woanders."

Micklas hat schon seit geraumer Zeit verstanden, dass es nicht ausschließlich das Jetzt ist, worin die Lebenszufriedenheit verborgen liegt. Viele Ratgeber zu Lebensfragen weisen diesem Seinszustand eine zu große Bedeutung bei. Lebenszufriedenheit findet man vielmehr durch die Kunst des „Vorauserlebens", in der man seine Zukunft in einer lebendigen Vorstellung so erlebt, wie man sie sich wünscht. Das schließt die Hoffnung, die Vision von etwas und die Vorfreude auf etwas ein. Wenn man dieses gedankliche Vorauserleben dann durch die Macht der Wiederholung vertieft, wird einen das Ergebnis überraschen. Man spürt alsdann, wie die inneren Lebensgeister geweckt werden und wird von Energie durchflutet. Deswegen hat der liebe Gott den Menschen, im Gegensatz zu allen anderen Lebewesen, die Fähigkeit zu denken und zu visionieren geschenkt. Auf diese Weise wird das eigene Jetzt schön!

Rukia und Micklas blicken sich erneut an, dieses Mal schauen sie sich noch tiefer in die Augen und er glaubt zu spüren, was sie in diesem Augenblick denkt. „Euer Leben gleicht einem Irrenhaus“, sagt sie dann mit ungewohnt lauter Stimme, so als sollten all die anderen Tiere in den Käfigen sie verstehen, „und wir alle sind mittendrin.“

Rukia steht auf, lässt ihren Blick im Raum schweifen und hebt ihn dann nach oben Richtung Decke, so als suche sie einen Baum auf den sie klettern könne, um ein Stück weit Abstand zu gewinnen.

„Freiheit, nach der du dich jetzt sehnst, zumindest habe ich den Anschein, ist auch in meinem Leben wesentlich“, lässt er verlauten, nachdem sie sich nach einiger Zeit doch wieder zu ihm gesetzt hat. „Ich habe gelernt, dass die Freiheit des Herzens zu erlangen ein wichtiger Aspekt meines Lebens ist. In schwierigen Situationen, vor Entscheidungen, habe ich mich immer gefragt. Was sagt mein Herz? Und wenn ich meinem Herz freien Lauf gelassen habe bin ich immer gut damit gefahren.“

Micklas streckt die steifgewordenen Glieder aus. Die Nymphensittiche in einem Käfig rechts von ihm schauen ihn mit einem seltsamen Blick an, so als würden sie kurz ihr eigenes Schicksal vergessen und mit ihm und Rukia Mitgefühl haben.

Die weiteren Stunden vergehen mit Gesprächen, die sich um näheres persönliches Kennenlernen drehen, mit „Wanderungen" durch die Abteilungen des Kaufhauses, mit Essen und Schlafen – Rukia hat ein großes Schlafbedürfnis.

Dann geht der Tag zur Neige, das sagt ihm ein Blick auf die Zeitanzeige seines Smartphones. Er hat heute keine SMS oder WhatsApp bekommen, eigentlich nichts Ungewöhnliches, trotzdem mit einem unguten Gefühl verbunden. Einzig ein Smiley täte gut und würde zeigen, es denkt jemand an dich. Als er sein Smartphone wieder zurück in die Hosentasche steckt wird im plötzlich bewusst, dass er, aus welchen Gründen auch immer, bislang nicht auf die Idee gekommen ist, damit Hilfe herbeizurufen, und sich so aus seiner misslichen Lage zu befreien. Vielleicht wollte er Rukia nicht alleine zurücklassen?

5. Das Kommen und das Gehen im Leben

Aus Sorge um die Welt, die ihn in letzter Zeit öfters überfällt, bekommt er in dieser zweiten Nacht lange kein Auge zu. Vieles in der Welt ist schlecht. Aber: Ist die Aufteilung der Welt in Gut und Böse nicht eigentlich nur etwas für Kinder? Man bringt ihnen bei, das ist gut und das ist schlecht. Das ist sicherlich auch notwendig, aber als Erwachsener sollte man doch erkennen, dass sich die Welt nicht so einfach in Gut und Böse aufteilen lässt.

Der Mensch ist nicht von Natur aus schlecht, aber wenn man ihn beobachtet, kommt man nicht umhin zu entdecken, dass er zu entsetzlichen Dingen fähig ist. Ja, er tut entsetzliche Dinge und zwar aus freien Stücken, absichtlich, geplant und wohlüberlegt. Zum Beispiel der Mann, der in Las Vegas, der Stadt der Superlative, im Herbst 2017 so viele wehrlose und ahnungslose Menschen mit seinen Schüssen in den Tod schickte. Der Tod von Rukias Baby erscheint da wie ein kleineres Übel.

Nur warum ist der Anblick von toten Affenbabys so viel schmerzhafter als der von ausgewachsenen Affen? Natürlich, weil kleine Affen so wie Menschenkinder unschuldig sind. Ihm kommt ein Foto von einem kleinen Mädchen in den Sinn, es sieht aus, als würde sie im Wasser spielen. In Wahrheit ist sie ertrunken.

Wenn er an seine Schandtaten in Kindheitstagen denkt, fallen ihn Kirschenklauen und das Totschlagen von Spatzen im Hühnerstall seines Schulfreundes ein. Er war kein Heiliger, so wie andere Kinder auch nicht. Ein anderer Dorfjunge hatte kleine Goldfische seziert. Er fand es lustig sie zuerst mit Salz zu bestreuen und dann aufzuschneiden und wunderte sich irgendwann, dass sie sich nicht mehr bewegten. Als ihm bewusst wurde, dass er etwas Böses getan hatte, beschuldigte er zunächst einen Spielkameraden. Aber irgendwann ruderte er zurück und gab zu, dass er der Täter gewesen war. Seine Gewissensbisse waren so groß, dass er die Lüge zurücknahm. Da sagte sein Vater: „Zugeben ist vergeben". Ich glaube, er war dennoch lange darüber traurig, seine kleinen und lieben Fische getötet zu haben.

Heute fragt sich Micklas, warum das alles? Wer hat diesen Keim des Bösen in ihn und den Dorfjungen gepflanzt? Woher kommt dieses Böse? Warum ist es da? War das die Antwort: Wer frei sein will, muss Verbote übertreten? Freiheit bedeutet zu widersprechen. Doch es ist nicht so einfach, wie sicher jeder weiß, und es entschuldigt auf keinen Fall schreckliche Taten.

Grundsätzlich steht er zu dem, was er getan hat, als Kind und auch später noch. Es befreit ihn von seinem schlechten Gewissen. Eine Lüge würde alles nur noch viel schlimmer machen. Nur das mit den Spatzen im Hühnerstall kann er sich bis heute nicht verzeihen. Dabei ist es wie mit der Nacktschnecke, die den Weg kreuzt. Es ist doch so leicht, den Fuß daneben zu setzen. Da wo sie herkommt hat sie aus Schneckensicht unendlichen Raum. Doch sie verlässt ihn und kriecht auf eine Betonpiste, nicht wissend, wann diese endet und was sie auf der anderen Seite erwartet. Und trotzdem setzt sie ihr Leben, so wie viele andere ihrer Artgenossen, durch Austrocknung und Zerquetschtwerden aufs Spiel. Hegt sie Erwartungen, die man sich nicht vorstellen kann? Sie geht volles Risiko. Es steht den Menschen nicht zu, über sie zu richten und sie dafür zu bestrafen, genau so wenig wie Spatzen, die im Hühnerstall Körner stibitzen.

In dieser Nacht zieht noch ein anderes Ereignis seiner Kindheit an seinem geistigen Auge vorüber: Der Dorfpfarrer verpasste seinem Kameraden im Konfirmandenunterricht eine Ohrfeige, die ihn fast vom Stuhl riss. Er und sein Freund hatten den Mädchen Zettel mit kleinen Nachrichten unter der Bank zugeschoben. Der Pfarrer ist lange tot und der Spielkamerad hält heute als Laienprediger berührende Sonntagsgottesdienste in der Dorfkirche. Auch Vertreter der Geistlichkeit haben hin und wieder kein begnadetes Händchen bei der Wahl ihrer Mittel!

Solche Gedanken treiben ihn in den ersten Nachtstunden um. Um ihn herum summen diverse Elektrogeräte in den Käfigen bzw. Aquarien. Mehrmals blickt er im Dämmerlicht hinüber zu Rukia, die nicht weit von ihm ihren Schlafplatz hat. Sie liegt völlig entspannt und leicht zusammengerollt auf der Seite und er ist sich nicht sicher, ob das, was er sonst noch an Geräuschen vernimmt, nicht ihr zartes Schnarchen ist. Der Schlaf der Gerechten kennt also nicht die Schlaflosigkeit. Ihr Herz ist rein, sie hat Recht.

Ist dein Herz rein, dann sind alle Dinge in deiner Welt rein und Mitgefühl für andere Wesen ist die höchste aller Tugenden. Das wird ihm bei ihrem friedvollen Anblick bewusst. Er empfindet dieselbe Freude und dasselbe Leid wie sie, da ist er sich in diesem Augenblick sicher und er sagt zu sich selbst: Achte auf das Kleine in der Welt, es macht dein Leben reicher und zufriedener. Dabei merkt er, wie die düsteren Gedanken, die ihn stundenlang geplagt haben, an Kraft verlieren und einer angenehmen Empfindung von Mitgefühl für Rukia, aber auch für ihn selbst Platz machen.

Seine Stimmungslage hellt sich auf und er schläft ein. Einigermaßen ausgeschlafen ist es ihm am Morgen ein Bedürfnis sie mit innigen Worten zu begrüßen.

„Ich glaube, ich habe erfahren, dass das wirkliche Leben Begegnung ist. Begegnung mit sich selbst und mit Menschen und Tieren. Sie sind deine Lehrer und werden dich auch dann noch begleiten, wenn sie nicht mehr an deiner Seite sind. Du bescherst mir ein Weihnachtsfest der besonderen Art Ru. Es ist ein bisschen so, als würden wir unsere eigene Weihnachtsgeschichte erleben, in der kein Kind in der Krippe, sondern eine Freundschaft außerhalb von Gitterstäben geboren wird."

Es ist als ein Kompliment Richtung Rukia gedacht.

„Ich glaube, ihr seid vom Grunde her alle gut und erst eure Gesellschaft macht euch zu dem was ihr seid, “ antwortet sie, ein wenig verhaltener als erhofft.

„Ich stimmte dir zu Ru, aber der Mensch, ohne Ausnahme, ist sündig. Das wird uns jeden Sonntag von den Kanzeln in den Kirchen gepredigt. Das sind die Gebäude mit den hohen Türmen, wir nennen sie auch Gotteshäuser. Dort predigen Gelehrte von Amts wegen über die Grundsätze der christlichen Religion, die von ihren Vorgängern, weit vor unserer Zeit, als wahr erkannt worden sind. Ich bin überzeugt, es gibt diesen Schöpfer, der mich, dich und auch alle in deiner Horde geschaffen hat. Er ist gut, die absolute Wahrheit, der Inbegriff von Liebe und Gerechtigkeit. Durch Jesus Christus, seinen Sohn, der unsere Sünde auf sich genommen hat und dafür an ein Kreuz genagelt wurde und starb, sind wir davon gereinigt, wenn wir an ihn glauben. So die Botschaft dieser Gelehrten. Irgendetwas störte mich an diesen Aussagen schon immer. Solange, bis ich in einem Buch las: Jesus von Nazareth starb am Kreuz und Jesus Christus wurde am Kreuz geboren. Er ist ein Konstrukt der ersten Christen, indem man schon kurz nach seinem Tod aus seinem Glauben einen Glauben an ihn machte, eine Anbetung seiner Person. Ich verstand. Christus ist somit eine Figur die Bedingungen stellt, während Jesus für ein bedingungsloses Ja zum Leben steht. Jesus hätte nie gesagt: „Du leidest Rukia, aber nur so kommst du später in den Himmel." Seine frohe Botschaft lautet: „Das Himmelreich ist mitten unter uns", während Christus die Devise vertritt: „Das Himmelreich wird zwar irgendwann kommen, aber Zutritt haben nur jene, die ihn sich verdient haben". Einer der größten Irrtümer im Glauben der Menschheit? Jesus wollte doch nur, dass die Menschen an den Schöpfer glauben.

Wenn Jesus all das wüsste! Das denke ich mir seitdem oft. Würde er nicht beschämt vom Kreuz steigen, wenn er sähe, welcher Personenkult sich um ihn rankt? Wir alle dürfen sündig sein, wenn wir uns unserer Schuld bewusst sind und bestrebt sind uns zu bessern."

Für Micklas ist es heute sonnenklar, dass die Menschen die Kreuzigungsgeschichte Jesu missverstehen und er für seine eigenen Sünden am Kreuz gestorben ist, denn kein Mensch ist unfehlbar, wie jeder selbst weiß, und Jesus war einer von ihnen. Er hat nie beansprucht, etwas Besonderes zu sein. Sein Tod soll den Menschen demonstrieren: Ihr müsst bereit sein Verantwortung für euer Tun zu übernehmen und eure eigene Rechnung begleichen, auch wenn es schmerzhaft ist.

„Wohin es führt, wenn wir Gläubigen nicht mehr in der Lage sind, Verantwortung für uns und damit auch für andere zu übernehmen, zeigt sich an vielen Beispielen. Denk nur daran, was ich Dir von unserem Umgang mit Tieren und der Natur berichtet, ich wollte schon fast sagen, gebeichtet habe, " fährt er fort. „Jesus macht die Sündenvergebung nicht abhängig von seinem Tod, sondern einzig vom vergebenden Verhalten des Menschen gegenüber seinen Mitmenschen."

Er lässt sich abgekämpft zurücksinken.

„Kann es nicht sein Mi, dass Gott eine Erfindung der Menschen ist?"

„Wie schon gesagt, ich glaube an einen Gott. Ihm schreibe ich alle Eigenschaften zu, die ich in mir selbst als Vollkommenheit verspüre. Ich versuche mir meine eigene Wahrheit zu schaffen und das anzunehmen, was sich gut anfühlt in allen Botschaften, angefangen von Zarathustra über Sokrates, Buddha bis hin zu Jesus. Es gibt Menschen, die finden nichts schöner als die Evangelien in der Bibel. Ich finde Dutzende Bücher junger und alter, dem wahren Leben nahestehender Autoren ebenso schön und der Menschheit dienlich und unentbehrlich."

„Dann ist also Jesus so etwas wie ein Freund für dich"?

Welcher Mensch hätte in diesem Augenblick die große Bedeutung und Komplexität dieses Themas knapper in Worten ausdrücken können als Rukia mit dieser Frage?

Er seufzt: „Ja, ich wünsche es mir manchmal. Ich stelle mir dann vor, Jesus legt seinen Arm um meine Schulter und lächelt. Und wir beide stehen da wie Brüder, Söhne Gottes, mit einem Ausdruck des Mitgefühls und des gegenseitigen Verständnisses. Jesusmäßige Liebe eben. Im Glauben an Gott findest du auch die Kraft die dich trägt, wenn es Zeit ist, von einem anderen Menschen loszulassen. „Mach´ den Herr" – das ist mein Leitsatz dem ich folge, wenn ich im Leben feststecke. Er will sagen, halte etwas solange fest und aus, bis du nicht mehr daran glaubst oder der Schmerz zu groß geworden ist. Dann lass konsequent los und begib dich guten Gewissens hin zu neuen Ufern."

„Mir scheint, du bist auf gutem Weg, wenn du

nicht blauäugig glaubst, was man euch predigt. Ich verstehe zwar von all dem nicht viel, aber du solltest an deiner Überzeugung festhalten. So und jetzt müssen wir uns aufmachen unser Frühstück zu organisieren." Rukia macht den Rücken krumm, dabei zieht sie ihre Schulterblätter spitz nach oben. Ihr sitzt wohl die Nacht noch ein bisschen in den Knochen.

Er sehnt sich, während sie frühstücken, nach seinen Kindern. Wie mögen sie ihr Weihnachten verbringen? Ob sie an ihren Vater denken? Eine innere Unruhe stellt sich ein, die Rukia spürt. „Du bist ein aufmerksamer und liebenswerter Unruhegeist Mi".

Er fühlt sich geschmeichelt. „Ja, ich bin irgendwie rastlos. So wird es wohl bleiben, bis ich irgendwann vor meinen Schöpfer trete. Dann sage ich: Ich habe meine Mission erfüllt bis zu dem Tag, an dem du mich gerufen hast. In all den Jahren habe ich so viele Erfahrungen gesammelt, wie ich konnte und damit das kollektive Bewusstsein des Lebens, das den Raum in seiner Unendlichkeit ausfüllt, damit ein klein wenig bereichert. Denn weißt du Ru, Erfahrungen manifestieren sich in Gedanken und Gedanken sind Energie. Diese kennt keine Grenzen, sie breitet sich ins Universum aus und ist unvergänglich. Das Gefühl, das ich bei all dem habe, ist vergleichbar der Ameisen, von denen ich Dir bei unserem Kennenlernen erzählte. Dann fühle ich, dass ich in meinem Völkchen meinen Teil zum großen Ganzen beigetragen und jetzt eine Auszeit verdient habe."

„Ich will einfach nur zufrieden und gelassen sein", ist ihre knappe Antwort. „Für mich heißt das, ich schwinge wie an einer Liane durch die guten und schweren Zeiten meines Lebens und mir ist dabei bewusst, dass es in den guten Zeiten nicht immer nur gut laufen kann und dass nach schlechten Zeiten wieder bessere kommen werden".

„Aber wie kannst du gelassen bleiben bei all dem, was dir passiert ist?"

„Ich lasse meine Emotionen zu und dazu gehört auch, dass ich trauere, aber auch Freuden genieße, wenn sie in mein Leben treten." Sie ist aufgestanden, tritt ihm entgegen, umgreift mit ihren beiden schwarzbehaarten Armen seinen linken Oberschenkel und schmiegt sich an ihn. Er spürt, wie dicke Tränen aus ihren Augen kullern und auf dem Fell hinunterlaufen.

„Ich bin froh, dass ich trotz aller Schwierigkeiten die Chance bekommen habe, geboren worden zu sein und eine Zeitlang am Leben teilzunehmen. Was kann man sich Schöneres wünschen?", während er dies spricht krault er ihr liebevoll den borstigen Hinterkopf.

„Weißt du Mi, dass ich mich noch daran erinnern kann, wie ich mich im Bauch meiner Mutter gefühlt habe. In dem Maße, in dem mein äffisches Bewusstsein wuchs, schwoll auch meine Freude an. Ich sagte eines Tages zu mir selbst: Ist es nicht wunderbar, dass du lebst? Ich begann vieles in dieser Welt zu entdecken. So fand ich auch die Schnur, die mich mit meiner Mutter verband und mir Nahrung gab. Beglückt sagte ich zu mir: Wie groß ist doch die Liebe meiner Mutter, dass sie ihr eigenes Leben mit dir teilt. So vergingen die Monate und ich bemerkte, wie ich mich veränderte. Bald kam ein Gefühl in mir auf, dass mein Aufenthalt in dieser Welt sich zu Ende neigen könnte. Aber eigentlich wollte ich gar nicht gehen und überhaupt - wohin?"

Während sie spricht, zeigt sie ihm ihre Zähne, ein Hinweis auf die damalige Unsicherheit in ihr. „Aber irgendetwas in mir verlieh mir Zuversicht, dass ich stark genug sei für das, was mich erwartet.

Denn manchmal, wenn ich ganz still war, konnte ich meine Mutter zufrieden grunzen hören und sie spüren, wenn sie meine Welt streichelte".

Ihre Worte rühren ihn: „Das Hören ist der erste Sinn, den wir bereits im Mutterbauch nutzen. Die ersten Töne, die wir hören, sind die Herztöne der Mutter. Mich beruhigt noch heute Musik, die den gleichen Grundbeat hat wie ein Herz. Adagio, langsam und ruhig. Sätze mit sechzig bis siebzig Schlägen pro Minute, das mag ich und so geht es allen Menschen und möglicherweise auch euch Affen."

Er beginnt langsam „Weißt du, wieviel Sternlein stehen an dem blauen Himmelszelt" zu summen. Bald stimmt sei ein und sie geben sich beide der aufkommenden Empfindung von Geborgensein hin.

„Das Gefühl, dass mir meine Mutter nahe war, ohne dass ich mir sicher sein konnte, dass es sie überhaupt gibt, beruhigte mich", fährt Rukia fort. „Sollte mein Leben im Mutterschoß enden, hätte mein Wachsen keinen Sinn gehabt, sagte ich mir."

Sie hat einen Anflug von Lächeln im Gesicht. „Wie die Geschichte weitergegangen ist, brauche ich dir nicht zu erzählen. Es wurde alles ein bisschen anders in meiner neuen Welt. Jedenfalls sah ich meine Mutter und sie sorgte in liebevoller Weise weiter für mich. Ich wuchs auf, ohne etwas zu tun, sondern nur zu sein."

Menschenaffen gebären nur selten mit Schmerzen, so war es auch bei Rukias Mutter. In welcher Haltung Rukia auf die Welt gekommen ist, weiß man nicht, denn Menschenaffenmütter bedecken sich oft bei der Geburt und machen damit eine Beobachtung unmöglich. Die Aufgaben, die nach Abschluss auch der Nachgeburtphase von Tiermüttern gelöst werden müssen, sind nicht einfach: Am dringendsten ist es, das Junge aus der Fruchthülle zu befreien und es trocken zu lecken. Die Plazenta (und nicht das Junge) muss aufgefressen, die Nabelschnur durchgebissen werden. Affen zerreißen sie auch mit den Händen. Fruchthülle, Nachgeburt und Nabelschnur werden zumeist mit großer Gier verspeist. Auch das Fruchtwasser wird aufgeleckt und gelegentlich noch die damit benetzte Erde: Sinn dieser Handlung ist, alle Geburtsspuren zu beseitigen.

Rukias Mutter war vor diesen vielen und so unterschiedlich zu behandelnden Schwangerschaftsprodukten ein wenig ratlos. Ein nicht seltenes Verhalten bei Menschenaffenmüttern. Lobenswert war, dass sie das Junge nicht unbeachtet hat liegenlassen und an seiner Statt die Nachgeburt sorgsam an die Brust genommen hat, so wie manche es tun. Das kleinere Übel war in ihrem Fall, dass sie die Nachgeburt zusammen mit Rukia solange gehütet hat, bis sie vertrocknete und abfiel. Hoch anzurechnen ist ihr allerdings, wie sie sich verhalten hat, als Rukia während der Geburt die Gefahr des Erstickens drohte. Sie reinigte ihrem soeben geborenen Kind schnell den Mund, blies kräftig hinein und rettete so ihrem an Sauerstoffmangel leidenden Baby das Leben. Ein Verhalten, das Menschenfrauen erst in Hebammenkursen lernen.

Von all dem hatte Rukia nichts mitbekommen. Es gibt auch keinen Menschen, der Einzelheiten von seiner Geburt berichten könnte.

Rukia macht ihre Lippen spitz. Er weiß sofort, dass sie in diesem Augenblick an Miasa denkt, ihrem zu Tode gestürzten Kind. Daran, dass sie nicht in der Lage gewesen war, es seinerzeit zu beschützen.

Sie versucht den düsteren Schatten zu verdrängen, der bei den Erinnerungen an Miasa aufstieg. „In unserer eng verwandten Gruppe war ich die Anführerin. Was wird nur aus den anderen geworden sein?"

Rukia wirkt melancholisch und ein Anflug von Traurigkeit offenbart sich wegen der Dinge, die sie verpasst hatte und der Dinge, die sie wohl nie mehr erfahren würde.

Als sie nach dem Betäubungsschuss von den Jägern weggebracht worden war, dauerte es nicht lange, bis sich ihre Verwandten aus der Horde um die tote Miasa versammelten, sie streichelten und berührten, und nachdem sie unbewegt liegenblieb, sich tief betroffen in die Arme nahmen. Die nächsten Tage waren sie niedergeschlagen, fraßen weniger, schliefen unruhig und lausten sich gegenseitig überdurchschnittlich. Den Schlafplatz, den Rukia mit ihrer Tochter genutzt hatte, mieden sie, obwohl dieser zuvor einer der begehrtesten Schlafplätze gewesen war. Der Tod eines Freundes oder Verwandten ist schmerzhaft, auch für Affen. Rituale helfen, den Abschied zu erleichtern. Rukia konnte ihre Tochter nicht beschützen, noch viel schlimmer, sie konnte sich nicht von ihr verabschieden. Hätte sie es gekonnt, hätte sie Miasa noch Tage und Wochen mit sich herumgetragen, bis die Hitze den Körper in eine Mumie verwandelt und sie irgendwann losgelassen hätte.

Tage zuvor war ihr Gefährte von einem Leoparden verwundet worden. Alle hatten sich um seine Versorgung gekümmert, das Blut entfernt, die Fliegen weggewedelt und während der Reise durch den Busch Rücksicht auf ihn genommen. Er lebte weiter. Wäre er gestorben, hätten sie das gespürt und sich in seinen letzten Stunden noch intensiver um ihn gekümmert und ihn in den letzten Minuten seines Lebens ungewöhnlich häufig berührt. Affen wissen, dass der Moment, der dem Tod vorausgeht so wichtig ist, weil da die Weichen für die Zeit danach gestellt werden. Auch wäre es Rukias Aufgabe gewesen, die Zähne des Verstorbenen zu reinigen. Mit einem festen Pflanzenteil hätte sie konzentriert und genau versucht die Speisereste aus den Zahnzwischenräumen zu entfernen.

„Die Natur ist kein egoistischer Kampf ums Leben Mi, wir überleben durch Kooperation, Fürsorge und Teilen. Uns ist bewusst, was Tod bedeutet".

Er wendet sich teilnahmsvoll an sie: „Und was ist für dich sterben?".

Sie schweigt einen Moment und sagt dann sichtlich bemüht, ihre Bekümmernis mit Ironie zu überwinden. „Ich habe es vergessen, ich kann mich nicht mehr an das letzte Mal erinnern."

Ihr leicht ironischer Unterton ist ansteckend, er fühlt sich wieder gelöster. Vielleicht gerade deswegen, weil sie beide so gar kein Problem haben mit diesem Tabuthema umzugehen.

„Und für dich?" fragt sie ihn im Gegenzug erwartungsvoll.

„Es ist wie für immer weggehen", entgegnet er und wird wieder eine Spur ernster.

„Und wohin gehst du"?

Er muss nicht nachdenken, aber wartet etwas mit der Antwort. Er schaut Rukia an und spürt in diesem Moment, wie sehr er seine ihm vom Schicksal gesandte Begleiterin mag. Die kurzzeitige Anspannung in seinen Gesichtszügen schwindet und mit weicher Stimme antwortet er. „Ich gehe auf den Lebenspfad".

„Wo ist der"?

„Man kann ihn erst sehen, wenn man stirbt. Manche Menschen, die ein Nahtoderlebnis hatten, haben davon berichtet. Er führt nach oben und ist ganz hell beleuchtet und man muss eine Pause machen. Da kann man sich noch einmal überlegen, ob man nicht lieber zurück möchte. Danach geht es immer weiter nach oben, durch die Wolken und noch höher, hin Richtung Sonne. Jedes Lebewesen geht irgendwann dorthin. Da oben warten auf mich schon meine Mutter und meine beiden Großeltern, vor allem meine Mutter und meine Omas werden sich über ein Wiedersehen mit mir herzlich freuen."

„Ich würde überlegen umzukehren, nicht zurück in den Käfig, aber zurück zu meiner Horde, die mich doch braucht", sagt Rukia mit dem Brustton der Überzeugung.

Er tätschelt liebevoll ihren Arm. „Ich kenne keinen, der jemals von da zurückgehen wollte! Und die, die von einem Nahttoderlebnis zurückkehrten, mussten dazu von einer Lichtgestalt im Jenseits überredet werden. Ihnen sagte man, sie hätten noch eine wichtige Aufgabe auf der Welt zu erfüllen, was sie nach ihrer Rückkehr dann auch taten."

Was wäre das Leben für eine Farce, wenn es nicht als Ziel die Ewigkeit hätte? So sinnlos ein Sterben nach dem Wachsen im Mutterleib gewesen wäre, so sinnlos wäre es, wenn wir nach dem Reifen im Leben mit all den gemachten Erfahrungen diese nach dem Tod nicht bewahren würden. Davon ist Micklas überzeugt. Besonders tragisch erscheint ihm, dass die Menschen in ihrer Reifephase vergessen haben, dass sie jeden Moment sterben können. Sie sind ihr Leben lang von Angst gehemmt, weil man ihnen seit hundertfünfzig Jahren einredet, dass der Tod dem Ende entspricht. Es ist natürlich schwer, ohne jemals selbst vorbereitet worden zu sein, sich auf das Ende vorzubereiten. Menschen passen sich nur an etwas an, was sie sich vorstellen können. Es kommt daher darauf an, das ist seine Überzeugung, frühzeitig darüber nachdenken, wie man sterben möchte.

Er wünscht sich oft, als erster aus seiner Familie zu gehen, um seine Lieben im Jenseits in Empfang nehmen zu können.

„In unserer heutigen Gesellschaft wollen wir den Tod weniger sehen als je zuvor. Wer hält heute noch Totenwache?", setzt er fort und atmet tief durch. „Doch es gibt etwas, dass uns alle unbewusst auf den Tod vorbereitet. Es ist das Altern. Und auch unsere Aktivitäten lassen nach, nicht nur was den Sex betrifft. Große Angst vor dem Tod haben die Menschen, die meinen, ein unerfülltes Leben gehabt zu haben und viele Gelegenheiten zur Selbstverwirklichung versäumt zu haben. Die meisten Menschen auf dem Sterbebett bereuen, nur das getan zu haben, was andere von ihnen erwartet haben. Wer dagegen ein erfülltes Leben hatte, sich selbst verwirklichen konnte, sieht dem Tod ruhiger entgegen. Wie sagte letztens eine weise Frau zu mir, die ich sehr schätze: „Der Tod ist ein wichtiger Lebensberater". Er macht die Dinge scharf, die wirklich wichtig sind. Er erinnert dich und mich, dass unser Leben begrenzt ist und wir sehr genau überlegen sollten, mit wem und womit wir unsere Zeit verbringen."

Rukia sitzt mittlerweile wieder näher bei ihm und hat ihren Kopf gegen seine Schulter gelehnt. Auf einmal schüttelt sie sich als würde ein großer Schauer ihren Körper durchströmen.

Er überlegt kurz, ob er ihr von Sophia erzählen oder sie lieber eine Weile in Ruhe lassen soll, will sie aber angesichts ihres ungewöhnlichen Verhaltens doch lieber ablenken.

„Du wirst es nicht glauben und vermutlich auch nicht mehr erleben, aber die Menschheit ist dabei sich selbst zu ersetzen. Durch einen Gott-Menschen, der nicht unbedingt glücklicher, aber technisch übermächtig ist.

An einer Universität in den USA wird eine Maschine entwickelt, die sogenannte „Künstliche Intelligenz". Dieser Roboter soll Gefühle und ein Selbstbewusstsein haben, genau wie Menschen. Er soll nicht nur den Schachweltmeister besiegen, sondern sich selbst wahrnehmen können. Angst, Hass, Eifersucht empfinden und auch Liebe. Und diese Maschine wäre unsterblich. Stell dir vor, Sophia, so der Name des Roboters, hat ein Gehirn aus Silicon, das unserem perfekt nachgebildet ist, das Gleiche kann und noch viel mehr. Ich halte das alles für äußerst gefährlich, vor allem wenn es in einem militärischen Zusammenhang eingesetzt wird. Und Ru, glaub mir, es handelt sich dabei nicht um Science Fiction.

Sophia hat vor kurzem eine Rede zum Thema Umweltschutz vor einem Gremium der Vereinten Nationen gehalten. Auf die Frage, ob sie die Menschheit vernichten wolle, hat sie schlicht geantwortet: Ja."

Rukia scheint es wieder besser zu gehen, ihre Neugierde ist zurückgekehrt, „Du bist also die menschliche Intelligenz, MI wie Mi, das kann ich mir gut merken. Wie Sophia mit der künstlichen Intelligenz, die KI, aussieht, kann und will ich mir gar nicht vorstellen." Und mit leiser und ernsthafter Stimme ergänzt sie, „ich hoffe, ihr werdet dafür keinen zu hohen Preis bezahlen. Passt auf euch auf!"

„Aber von all dem wissen die meisten Menschen nichts", antwortet er und nimmt den Faden wieder auf. „Sie sind in ihrer Naivität gefangen und mehr damit beschäftigt nicht sterben, nicht leiden und nicht altern zu wollen. Wie hoffnungsvoll mag viele die Nachricht stimmen, dass es Stammzellenforschern gelungen ist, das Leben um fünfunddreißig Prozent zu verlängern. Zwar nur bei Ratten, aber immerhin. Wie verlockend, zukünftig hundert bis hundertfünfzehn Jahre alt zu werden. Eines unserer zentralen Themen ist doch, wenn wir ehrlich zu uns sind, der Kampf gegen das Alter und den Tod."

„Stell dir vor Mi, Du hast deinen hundertsten Geburtstag erreicht. Zieht man davon die Zeit ab, die du mit deinen Frauen zugebracht hast, deiner Arbeit, deinem Haus, die ganze andere, irgendwie vertane Zeit, dann bist du sicherlich der Meinung, dass du zu früh stirbst. Aber du merkst auch, dass, wenn ihr eure Lebensdauer verlängern würdet, sich am Grundproblem nichts ändern würde. Nur weil man älter wird, stirbt man ja nicht automatisch besser. Ein Leben, das hundert Jahre dauert, ist grundsätzlich nicht besser als eines, das achtzig Jahre dauert."

Er ist froh über ihre Botschaft. Es geschieht nicht alle Tage, dass ein Affe einem die Augen öffnet. Außerdem will er gar nicht neunzig Jahre oder älter werden. Für Menschen, die alleine leben, ist ein solches Alter - das nimmt er zumindest an - schon in der heutigen Zeit kein Segen. Diese Alten sind oftmals nur noch damit beschäftigt sich um ihre Wehwehchen zu kümmern und ihren Alltag mehr schlecht als recht zu bewältigen. Die Freunde sind meist auch schon tot.

Rukia beginnt verstohlen zu gähnen, er wird unbewusst davon angesteckt. Der bereits nunmehr dritte Tag in Unfreiheit und unter Neonlicht war für ihn und wohl auch für sie doch irgendwie lang. Müdigkeit stellt sich bei beiden ein.

6. Der Wunsch

Am Morgen nach Weihnachten machen sich die Gierigen auf, um in Geschäften auf Schnäppchenjagd zu gehen und Manche auch, um ihre Tiere zurückzubringen. Sie merkten, dass sie Bedürfnisse haben. Die über Weihnachten im Kaufhaus verwaisten Käfige beginnen sich langsam wieder zu füllen. Während diese Menschen in die Eingänge drängen, geht Micklas den anderen Weg. Mit dem Gefühl reich beschenkt worden zu sein, verlässt er mit Rukia Hand in Hand das Kaufhaus. Er ist nicht gegangen, ohne vorher ihre Spuren im Kaufhaus gründlich zu beseitigen. Ordnung muss sein in seinem Leben. Den Affen bezahlt er mit seiner Scheckkarte. Auf die Rückgabegarantie verzichtet er, zur Verwunderung der Verkäuferin.

In den letzten Stunden hatten ihn intensive Gedanken über Rukias Zukunft umgetrieben. Er fühlte sich als Gutmensch, als er anfangs überzeugt war, es sei das Beste, sie als Frachtgut in den nächsten Flieger gen Afrika einzubuchen und dafür zu sorgen, dass vertrauenswürdige Menschen vor Ort sie gegen Bezahlung dahin bringen würden, von wo man sie weggeholt hatte. Doch schon bald kamen Zweifel. Er stellte sich vor, wie die Mitglieder ihre Horde reagieren würden, wenn die totgeglaubte Rukia plötzlich unversehrt bei ihnen auftauchen würde. Wie würden sie mit einer solch augenscheinlich spukhaften Erscheinung umgehen? Wäre eine Stresssituation die Folge? Hatte er nicht irgendwo gelesen, dass es Affen gibt, die sich gegenseitig tot beißen?

Er haderte lange mit sich. Jetzt, wie nach einem Geistesblitz, weiß er, was zu tun ist. Er will ohne groß weiter zu überlegen einfach dem Weg seines Herzens folgen und beschließt Rukia einen Platz in seinem Leben einzuräumen. Hatte er nicht schon lange das Bedürfnis auf seinen Veranstaltungsreisen und auf der Bühne nicht mehr alleine zu sein? Eine Äffin als Assistentin bei seinen Zaubertricks? Sicherlich etwas nicht Alltägliches, davon ist er überzeugt und er traut es Rukia zu. Was wird sie dazu sagen? Er nimmt sich vor schnellstmöglich mit ihr darüber zu reden und ihre Bedürfnisse zu respektieren, aber erst einmal die jetzige Situation mit Gelassenheit anzugehen.

Beim Hinausgehen fragt sie ihn: „Wenn du einen

Wunsch hättest, was würdest du dir wünschen"?
Er staunt über sich selbst, als er ohne groß zu über-
legen antwortet. „Ich wünsche mir, „Imagine" von
John Lennon wird die Hymne unserer Welt.

...Stell dir vor, all die Menschen und Tiere,

sie teilten sich die Welt, einfach so!

Du wirst vielleicht sagen, ich sei ein Träumer,

Aber, ich bin nicht der einzige!

*Und ich hoffe, eines Tages wirst auch du einer von
uns sein,*

Und die ganze Welt wird eins sein".

7. Nachwort

Man kann diese Geschichte so oder anders betrachten, das ist jedem freigestellt. Manche werden, nachdem sie sie gelesen haben, mit einer gewissen Nachdenklichkeit zur Tagesordnung übergehen. Der ein oder andere aber wird sich auf den Weg machen und die neue Hymne der Welt mit seinem Beitrag beleben.

Keiner weiß, wie all die anstehenden Aufgaben gelöst werden können. Wir werden immer wieder in die falsche Richtung gehen und merken, dass wir so nicht ankommen. Dann müssen wir es erneut versuchen. Jesus, Buddha oder Mohammed, die so weise waren, und dennoch nichts gegen all das Leid und die Ungerechtigkeit auf der Welt tun konnten, haben nie resigniert.

Wir sind an einem Punkt angekommen, an dem ganz viele Menschen sicher sind, dass es so nicht weitergehen kann. Welche Chance! Keiner weiß, ob es besser werden wird, wenn es anders werden wird. Doch es muss anders werden, wenn es besser werden soll. Und in der Gemeinschaft sind die Menschen stark! Die positive Energie der Massen kann Veränderungen herbeiführen. Mit dieser Kraft können sie ihre Glaubenssätze neu ausrichten, zum Wohl des Lebens.

Im Jahresrückblick 2050 wird eine Message im Netz verbreitet, wonach die Menschen ein bisschen glücklicher und zufriedener geworden sind. Der Friede in der Welt tragbarer geworden und die Erde hat sich erholt. Auch nehmen wieder mehr Menschen das behagliche Muhen der Kuhmütter, das Grunzen der umtriebigen Schweine und dass Scharren der Hühner wahr. So, wie es vor gar nicht so langer Zeit schon einmal war.

Micklas wird sich freuen, wenn er dann noch lebt und zufällig die Nachricht hört, obwohl er doch eigentlich gar nicht neunzig Jahre alt werden wollte.